家田荘子

大人の女といわれる生き方

ひとり上手の流儀

さくら舎

はじめに

大人になるって、どういうことでしょうか。

大人なんだから。もっと大人になって。大人のすることじゃない。大人でありたい。大人になりきれない。大人になりたくない。大人っぽい。大人なら……など、よく耳にします。

子どもには、親や家族や先生など、言うことを聞かなくてはいけない人がいっぱいいてくれますが、大人になると、そういう人がいなくなってしまいます。責任という名のもとに自由が成り立っていることが判《わか》ってくると、（大人って、おりこうさんにしていないといけないの？）と、なんだか窮屈な気分になってきます。

でも大人だからこそ、「あなたらしい」生き方ができるのです。肩肘《かたひじ》を張りすぎず、必要以上に頑張りすぎず、あなたらしく生きていくためには、どうしたらいいでしょうか？

かっこつけなくてもかっこいい大人の女になれるよう、何をしたらいいでしょうか？

大人になったといったって、完璧な大人なんて、ひとりもこの世にはいません。苦楽、喜怒、陰陽、幸不幸など、人生は背中合わせの繰り返し。その経験の中から日々学び、成長することの繰り返しなのです。

「思春期」は、ティーンだけのものではありません。大人になってもひとりひとり、それぞれの思春期があります。ただ、ティーンのように教えてくれる人がほとんどいません。育ててもらえないからこそ、大人は自分で自分を育てていくしかないのです。

「自分らしさ」を絶対に失わず、やりたいことから逃げない大人になるには、どうしたらいいでしょうか？　もう少しだけやさしく、そしてもう少しだけ強い大人になるためには？

くすまず、ずっと輝いて「賢《かしこ》かっこいい女」でいる方法ってあるでしょうか？　そして一生、かわいい女でいるためには？

ステキな大人として生き抜くための答えを見つけるのは、あなた自身、その答えを実行するのもあなた自身ですが、そのきっかけになるかもしれない言葉をこの本に並べてみました。

私は、見かけや作品から、派手と誤解されやすいタイプですが、本当の私は、地味で不器用で口下手《くちべた》で、損ばかりしてきました。それでも、私にならできるお役目と生き方はあるはずです。もがき苦しみながらも頑張ろうとする多くの女性たちを取材するうちに、そう思えるようになりました。

この本の内容と方法は、ちょっと遠回りに感じられるかもしれません。でも遠回りこそ近道。遠回りは、それだけ長く楽しみにできるということでもあります。

最近、すぐに結果や成果を求める人がとても増えてきたようです。ＳＮＳ（ソーシャル・ネットワーキング・サービス）が生活や人生の中に入ってきて、人と一緒に頑張ることよりも、「自分が」と、超個人主義になってきつつあります。自分が結果や成果を出すためには、義理や人情は無用。人を飛び越え、傷つけて何が悪い？　と思っている人々も少なくありません。

「ありがとう」や「すみません」のやさしい言葉や挨拶が、街でも家庭でも聞かれにくくなってきた今、「許す」ということが失われつつあると、私は痛く感じます。

ちょっとしたつまずきも許さず、とことん潰《つぶ》す。やり直しや出直す可能性を与えず、排除するまで徹底的に叩き潰す……そういう今だからこそ、遠回りになってでも一つ一つ一歩一歩、自分の中身をしっかりと築いていくことが大切なのです。

近道をヒョイヒョイと登って結果を出せる人は、うらやましいですが、土台がしっかりできていないので、ほんのちょっとの失敗で崩《くず》れてしまうかもしません。ところが遠回りをしている人は、ちょっとのことでは潰れることなく復活できます。

また「自分らしい人生」を積み重ねる過程で、苦しみや喜びも経験しているので、許し、受け入れたりできるやさしい人なのです。

この本は、立ち止まってしまったときや、もっと頑張らなくてはというとき、自分で自分の心の辛《つら》さから解放してあげたいときなどに読んだほうが効果的かもしれません。

悩みのない大人なんて、ひとりもいません。それが大人という生き方です。ひとりでも多くの「賢かっこいい」大人が増えて、「私らしく」毎日をすごしてもらえますように……そんな願いが、この本にはこもっています。

どうぞ、目を閉じて開いたところからお読みください。

家田《いえだ》荘子《しょうこ》

●目次

第三章　自分磨きをサボらない

第五章　幸福は流れてくる

大人の女といわれる生き方

●ひとり上手の流儀

第一章　大人の女は心を切り替える

美しいものを見て心を洗う

私は影の世界を追って生きてきた

世の中には、表と裏、いいことと悪いこと、美しいものと汚《きたな》いもの、プラスとマイナス、明と暗など、反対関係のものがいっぱい存在しています。

私が取材記者を始めた二三歳のときから、明か暗かといえば暗、表か裏かといえば裏、幸か幸でないかといえば幸でないほう……私は光よりも、影の世界をいつも追って書いてきたように思います。

子どもの頃のいじめの苦しい経験もあって、あまり明るい性格でない私には、影、裏、暗といった世界のほうが近かったのでしょう。

ところが、二〇年も影の世界ばかりを追っていると、精神的に満腹になってしまうときが来るのです。

「私はこんなに苦労をした」とか、「私の不幸話は映画になる」など、よく人から「書いてよ」とお話をいただいたのですが、多少の不幸や苦労では、私の心が動かなくなっていたのです。だからこそ、私自身が不幸のどん底にいたり、もがき苦しんでいても、（まだまだ私の苦労なんか……。世の中には私よりもっともっと大変な人がいっぱいいる）と、自分だけが不幸だと思いこんだり、へこたれたりせずに頑張れたのかもしれません。

苦しみをどう受け取るか、受け止め方は、人それぞれ違います。人から見たらちっちゃな苦しみが、本人にとって壮絶な苦しみに受け取れたり、ものすごい苦労なのに、「大したことないない」と笑っている人もいます。

いずれにしても苦しみや苦労やマイナスなことは、少ないほうがいいに決まっています。でも、影あっての光。闇《やみ》を知っているからこその明るいことの心地よさ。悪いことあっての乗り越えたときの嬉《うれ》しさ……。世の中に要《い》らないものはないと、私は「四国歩き遍路《へんろ》」をしているときに気づかされました。

道端の小さな花の純粋さに感激

私は、冷たい高層ビルと、都会の四角い空がずっと大好きでした。ドロドロした世界ばかり取材していたので、プライベートでは、熱い血の通っているものを避けて、新宿の高層ビル街を眺めては癒《いや》されていました。

ところが八十八の札所《ふだしょ》を巡《めぐ》る「歩き遍路」で、四国一周一四〇〇キロを歩きはじめてから、自然に溶けこんで歩かなければ遍路はできないことに気づいたのです。

私の場合は、二泊三日で一二〇キロ前後歩き、それを一二回繰り返し、一年で一巡するという「つなぎ歩き遍路」です。それを一二年前から毎月続けており、現在は一二巡目です。

何時間もひたすら歩いても、誰にも会わないという淋しい遍路も少なくありません。孤独で不安で疲労も溜《た》まって苦しくて……そんなとき、道端に小さな花が咲いているのに目が止まります。名前も知らない雑草のような花です。

「きれい……。こんにちは」

思わず話しかけていました。仕事をしているときは、視界に入っていたとしてもまったく目がとらえないような花を美しいと、体が感激しているのです。

気がつくと、私の心も明るく温《あたた》かくなっていました。花は人に「きれい」と褒《ほ》められたくて咲いているのではありません。花のように純粋に美しいものを目がとらえると、心が柔らかく、きれいになっていくのですね。

細くて急で暗い遍路山道をゼェゼェハァハァと息を弾《はず》ませながら登っていくことがあります。たのしみは、厚い木々の壁が途切れ、まわりが急に明るくなるときです。見上げると、抜けるような美しい青い空が広がっています。

空がとてつもなく大きく感じられると同時に、木々に呑《の》みこまれているようなちっぽけな自分を感じます。

空の美しさが目にしみて、いつの間にか笑顔になっている自分がいます。空と木々からエネルギーをいただいて、また頑張って歩いていけるのです。

一日四〇キロ（九～一〇時間）歩き続けても、次の札所に到着できないほど距離の離れている札所が何ヵ所もあります。太平洋を見飽きるほど眺めながら歩き続け、ヘトヘトどころか、膝《ひざ》には激痛が走り、疲労から足も上がらず引きずって……。

海の近くの広場に、ポツンと公衆トイレ小屋がありました。殺風景なところに粗末な扉だけのトイレがあって、電気さえ通っていません。ここまで一五キロ（三～四時間）ほど公衆トイレがなく、やっと公衆トイレがあったことも嬉しいのですが、中に入ると、もっと嬉しいことがありました。

古びた缶詰の空き缶にコスモスが一輪さしてあったのです。街の人が、お遍路のために花を飾ってくださった……きっと私は淋しかったのでしょう。その花の美しさと地元の人のやさしさが身にしみ、涙がこぼれてきました。

曇った心でいたら真実は見えない

私は遍路を通じて、「美しいものを見て、素直に感激していいんだよ」って教えられたようです。かっこつけなくていい、ありのままの自分でいていい……と。

仕事や子育てなど忙しくしていると、とかくまわりや看板を気にし、「仕事用の自分」をつくりあげているときがあります。「○○くんのママ」と呼ばれているから、「○○くんのママ」らしくしなくてはいけないというような社会参加もあります。

時々はそういうことを気にしないで素《す》に戻り、自分を見つめ、（私って、本当はこういう人だったんだ……）と、知る機会が必要だと思います。自分のことをもっと解《わか》ってあげられたら、もっと自分のことが好きになれます。

自然とうまく溶け合わなければ、遍路は結願《けちがん》できません。雨の日も炎天の日も雪の日も、自然と語り合い、協力し合って、ようやく遍路を達成できるものなのです。

私は二〇年間、月に最低四回以上、深夜のひとり水行《すいぎょう》をしています。滝行《たきぎょう》よりも、深夜の海にひとり入る海行《うみぎょう》がほとんどなのですが、真っ黒な暗い夜や、不気味で怖い干潮の夜に出くわすこともあります。

干潮のときは、岩ででこぼこしている水のない海底を歩くことになり、真っ暗なので、つまずいたりひっくり返ったり、とても危ないです。そんな夜、急に明るくなって辺りが見えてきたので何ごとかと頭を上げたら、これまで厚い雲に隠されていた月が姿を見せていたのです。

美しい光を放ち、危なくないよう私の足元を照らしてくれている……。月がこんなに明るく美しかったとは……闇のおかげで知ることができました。

月はいつも変わらず美しく、そこにいてくれます。でも、私たちには月を見ることができる夜と、雲に隠され見られない夜とがあります。

私たちの心も、美しいときと曇っているときがあります。曇った心でものを見たら、本当の姿を隠され判《わか》らないまま、汚く曇って見えてしまいます。きれいな心で見たら、奥深くまできれいに見えます。真実も見えてくることでしょう。

美しいものを見てください。感激したら、自分の心も美しくなります。面倒がらず、足を運んで美しいものを見にいってください。自然だけではありません。美術館、博物館、劇場などにも行き、本物をいっぱい見てください。

美しいものを求め、見つめ、感じる……。それは自分を成長させてくれます。体は年を重ねるごとに少しずつ古くなっていきますが、頭のほうは死を迎える直前まで成長できるそうです。

自分の心の限界を知っておく

ストレスを溜めすぎると

何でもズバズバ言えちゃって、それでも憎まれず、「なぜか許せちゃうんだよね」と、嫌われない人がいます。それも才能だと思うのですが、羨《うらや》ましいです。

私は口数が少ないので、ズバズバ言えないし、喋《しゃべ》る長さが短いので誤解されやすいし、うまく伝わらなかったりすることがあります。同じ日本語なのに「通訳が要《い》る」と友人に言われたことがあります。

どうせうまく言えないし、ガチャガチャ言うのは見苦しいし……私の場合、諦《あきら》めと我慢癖がついてしまっているので、ついつい心に溜めこんでしまいます。そういうときは、

（本当は、こう言いたかったのに）

と、科白《せりふ》が頭の中で次から次へとグルグル回って後悔も始まり、普段ならすぐに眠れるのに、なかなか眠りにもつけません。そのうちに、昼間でもそのことが頭の中に浮かぶようになってしまい、（これじゃダメ）と思うのですが、やっぱり頭から離れてくれません。

ストレスを溜めることが、病《やまい》を呼んだり、仕事に影響したりするので、いけないと判って

いるのに止まらないのです。

それくらい悩んだり心配したり、気になってしまう経験ありませんか？　ストレスって容赦なく溜まっていってしまいます。


かつてマスコミからバッシングを受け続けて自律神経失調症になった私は、元夫の転勤を機にアメリカへ移住しました。全身に電気が通ったようにビリビリしたり、頭の中が真っ白になって、自分がなぜ電車に乗っていて、どこに行くつもりだったのか判らなかったりとか、ひどい経験を重ねました。心の病気と判るまで、病名を求めていろんな病院へも通いました。アメリカへ移住して環境が変わったので心の病も徐々に回復していったのですが、ストレスを溜めた経験は、私にいいこともたらしてくれました。

その後、私がストレスを溜めすぎると、体がビリビリ電気を通した状態になって、「もう限界だよ」と教えてくれるようになったのです。体が警告を出してくれたら、「もう限界。これでおしまい」と、私は自分の心に線を引いて、それ以上考えないように努力を始めます。

本当は警告が出る前にやめたらいいのですが、悩みはじめると止まらなくて、どんどんストレスを貯蓄していってしまうのです。でも「もうおしまい」と線を引いたら、とても楽になれます。そして、この悩んでいたことをいいほうに使えないかと考えるのです。

この悩みの問題がどうなっていくのか、結果が出るまでの過程をたのしもうと思うようになれたのです。

開き直るタイミング

私のように「地獄」と思えるくらい悩みを抱えることは誰にもあるかと思います。「地獄」って、亡くなってから行くかもしれない所でなく、実は生きている人の心の中に存在し得るものなのです。

心配ごとがあったりして心が曇っているときは、よくないことばかり集まってきて、地獄に堕《お》ちるのでは？　と思うくらい不幸続きになるかもしれません。堕ちていくのに時間はかかりません。だからこそ自分の心の限界を知っておく必要があるのです。

「もう、ここまで！」

「これ以上は考えてもしょうがない」

と限界を感じ、開き直るタイミングが大切です。と同時に、どうしてこんなに自分を悩ませるのか、自分と向き合って、本当の原因を見つけることも大事です。自分と向き合うことも、開き直ることも勇気が必要ですけれどね。

心の限界を感じ、捨てばちになれと言っているのではありません。心の切り替えをしましょうということなのです。ならば心の限界は、どうやって知るのかといえば、自分だからこそ、自分なりの方法を見つけられるのです。

自分自身のことです、ひとりひとり違うので、方法は一つではありません。でも、頭の中がいっぱいいっぱいで、もう他のことを考える余地がまったくないほどパンパン状態になれば、さすがに自分なら判りますよね？

心の限界を知ったあとは、努力です。自分の心とうまくつきあっていける方法を見つけようと努力してください。自分の心や体が大切と思ったら、きっとあなたなりのいい方法が見つかります。

心が曇っていれば、不幸なことや、よくないことが、いっぱい集まってきます。では心が曇っていないときは、どうでしょうか？　いいこと、明るいこと、幸せなことがどんどん集まってきます。（幸せが続きすぎると今に、どんでん返しがあるかも）と、私はすぐ怪《あや》しんでしまいますが、こういうときこそ、素直に喜んでください。

月は、変化することなく、そこにいて輝いています。でも月の前に雲がかかっていると、月が見えなくなります。月が変化するわけではありません。月明かりがあれば明るくて、夜でもけっこういろいろな物を見ることができます。足元も明るいです。

ところが、雲が月を隠してしまったら闇が訪れます。物や景色が黒く見えたり、怖くて不安になったりします。心も同じです。ストレスは、月にかかる雲です。心の限界を知って、早く取り除いてあげてください。

ストレスゼロというのは、今の世の中、無理ではないかと思います。ストレスも、緊張させてくれたり、行動を制限してくれたり、考えるチャンスをくれたり、少しだったらいいこともいろいろともたらしてくれます。

でもストレスは、必要最小限で十分です。ストレスを溜めすぎて爆発して取り返しのつかないことをしたり、人を傷つけてしまったり限界を超える前に、心を切り替えられるよう自分の心の限界を知っていてください。

心を切り替えて冷静になれると、自分を困らせていることとの解決方法も早く見つかるというものです。

損をして徳（得）をいただく

よかれと思ってしたことが……

取材で、壮絶な人生を越えてきた女性からお話をうかがうたび、

「今日も私は、精一杯燃焼しなかった」

と、猛省します。それと同時に、

「今日も『いいよ、いいよ』って、すべてを笑って受け入れることができなかった」

ことも……。

小さなことですが、よかれと思って、いろいろと人のために何かをさせていただきます。僧侶になってからというもの、特にご奉仕させていただくことが増えました。頼られることも、さらに増えました。でも、純粋にご奉仕で何かをしても、

「本当は、お金もらってるんでしょ？」

とか、

「何が目的？」

などと言われて、心をズタズタ、ボロボロにされてしまうことがあります。よかれと思っ

て積極的にいいことをしたつもりが、誤解されて傷つけられたという経験ありませんか？自分の価値観という「ものさし」を人にあてはめている人は多くいます。お金が大好きな人は「どうせあの人は、お金目的でやっている」と、結びつけてしまうし、名誉の好きな人は、「誰に取り入るつもりかしら」と、ご褒美《ほうび》目当てと解釈してしまいがちです。

いいことを純粋にするって、とってもむずかしいです。そして、理解してもらいにくいです。でも、こういった損なことって起こるものなんです。きっと自分のめざしていることをそれでも続けられるかどうか、神様仏様、そして人から試されているのです。

小さなことについて言えば、新幹線の通路で、道を譲《ゆず》っても、無視して通りすぎられてしまう。エレベーターに乗っていて「開」を押して、皆が下りるまで待っていても、誰ひとり「ありがとう」と言わずに当たり前のように出ていく。電車から降りるのに、乗る人が先に入ってきたり、走ってきた子どもをよけると、あとから来た母親が「ウチの子が危ないでしょ」と言いたげに、責める目を向ける……やさしいことをしたのに損をしたような気持ちになりますが、実は、思いやりを無視した本人の心にも多少は響《ひび》いているものなのです。

人のお役に立ちたい、困っている人を助けたいという観音様（慈悲《じひ》）の心は、誰にでも生まれながらにして備わっています。だから本当は、人を思いやることをしたいのです。しないと、イヤな気分になることもあります。でも、そのとき、たまたまスマホをいじっていたり、恥《は》ずかしかったり、出遅れたり、「ありがとう」を言い慣れていないから声に出せなかったり……いろいろと事情が、その人にもあるものなんです。

奉仕活動を一生懸命やっても、誰からも「ありがとう」と言ってもらえず、私も落ちこむこと度々《たびたび》です。そんなこと百も承知だったのに……。最初から、「ありがとう」は、期待していなかったのに……。自分がやりたいからやらせていただいたことを思い出し、また反省です。

損を先にすませておく

何でもいい。一生懸命、やりたいことをやってください。特に人のため、人を喜ばすためなら、どんな邪魔が入ろうと、一生懸命最後までやってください。燃焼するほどやり切ったという事実と経験は、誰のものでもありません。自分のものです。かけがえのない経験です。やがて「私こそ、ありがとう」と、感謝の気持ちが生まれます。

目標はしっかり持っていてください。評価やお礼は、いつされるものか判りません。何年か先、随分《ずいぶん》あとかもしれません。

お礼や「ありがとう」などを意識の中に入れないで、とにかく自分の思うまま一生懸命やって燃焼させてください。期待しないと思うこと自体、期待を呼んでしまうので、頭の外に出してしまってください。

傷つけられたり、誤解されたりすることがあっても、へこたれずに続けてください。通りすぎてしまえば、もう人は追ってきません。続けた者勝ちです。やがて傷つけたことも、誤解したことも、やった本人が忘れているでしょう。

燃焼し切ったあとで、思わぬ所や人から「ありがとう」などと言われるような、とても嬉しいサプライズがあるかもしれません。

なんで私ばっかりこんなことを……。そのときは、損どころか、大損をしていると思っていたかもしれません。それは、損を先に払っているだけです。損を先払いしておけば、あとから徳（得）がやって来るものです。

先にいいものをもらってしまうと、その分、あとの埋め合わせやプレッシャーが大変です。損だと思いながらも、やらなくてはいけないことや、どうしてもやりたいことってあるものです。やろうと思ったことは、とにかく続けて最後まで突っ走る。

蠟燭《ろうそく》は、最後まで燃えて、自分で自分の姿をきれいに失《な》くしていきます。蠟燭のように燃え尽きるほど、一生懸命何かをやりましょう。私たちは、何かをさせていただくために、この世に生を受けました。

自分にとっての何かとは何なのかを考えてみましょう。その中から自分にできることを一生懸命やっていきます。途中で挫折《ざせつ》したり、続かなかったら、それは「何か」が違っていたのかもしれません。自分を責めないでください。ならば次を捜しましょう。

損を損と思わず、損を先にすませておけば、あとでいつか徳が回ってくるものです。ただ、それは明日や一ヵ月後ではないと思います。もしかしたら一年、二年でも来ないかもしれません。たとえ年単位でも、あとからふり返ってみれば短いものです。

不器用で回り道ばっかりしていてもいいんです。私がいつもそうです。でも、見てくれている人は必ずいます。

空も見ています。太陽も見ています。仏教で言うならば、仏様も見てくださっています。太陽と仏様の光は、誰の上にも平等に降り注いでくれているといいます。

損得抜きで、人のために何かをさせてもらう、これが心に余裕とやさしさのある大人の生き方です。でも、けっして無理をしないでください。続けられなくなりますから。

欲望を捨ててはダメ

「煩悩がありすぎる」と叩かれたことも

初詣《はつもうで》で神社へ行ったり、旅先でお寺巡りなどをして、日本のあちこちの神様や仏様に、あれこれとお願いごとをいっぱいしていませんか？　お願いしっ放しではダメです。必ず、お礼参りをして、けじめをつけてから次のお願いごとをしてくださいね。

あっちこっち行った先で、お願いごとをしてしまうと、またあっちこっちに戻ってすべてのお礼参りをするのが大変ということで、あっちこっち行った先での参拝の仕方があります。

修行や霊場巡りなどではない場合、ご本尊様に、たとえば、

「私は、どこどこの〇〇という者です。今日は旅行でこの町に来ましたので、ご挨拶に参りました」とか、「どこどこの〇〇という者ですが、観光で来ました。今日はこちらに来させていただきまして、(ご縁《えん》をいただきまして）ありがとうございます」、あるいは「私はどこどこから来た〇〇です。友人に連れて来てもらいました。お参りさせてください」。

このように素直に事情を申しあげて合掌《がっしょう》すれば、神様仏様は、あなたの立場を理解してくださることでしょう。お礼参りにうかがう気がないのなら、欲を出して、またあれこれとお

願いはしないでおいてください。

自分のご縁のある神様や仏様には、もちろんお願いをしていいのですが、あれもこれもでなく、心の中で願うことを先にしっかりとまとめてからお願いごとをしましょう。そのときも、ぜひ名前を述べ自己紹介してください。

願い、つまり欲望ですが、言い換えると煩悩《ぼんのう》です。

煩悩といえば、人によっては、悪いイメージでとらえる人もいて、

「あなたは、煩悩の固まりね」とか、

「煩悩が多すぎる」

などと、悪口を言うことがあります。

私が僧侶になるずっと前、得度《とくど》（出家の儀式）をして在家出家したとき、剃髪《ていはつ》（仏門に入るために髪を剃り落とす）したため、「何か悪いことがあったのか」と、マスコミにさんざん取りあげられました。現実は、悪いことじゃなくて、将来、ミニ駆け込み寺をつくるための第一歩にすぎなかったのですが。そのときに、ある有名週刊誌に、

「ミニスカートをまだ穿《は》いている。煩悩がありすぎる」

と叩かれました。まだ僧侶になっていないときです。それに在家出家なので法衣《ほうえ》を着てい

なくてもいいし、僧侶資格がなければ着られない法衣だってあるのです。

僧侶になってから気づいたのは、僧侶に見えない格好で法話をしたり、僧侶としてのお役目を果たすことを、人に受け入れていただくことのむずかしさです。法衣を着てさえいれば、まず、その瞬間から「お坊さん」として受け入れてもらえるのですが……。

でも私は、世俗の中で僧侶活動をしたいので、いまだに普段は普通の格好をしています。僧侶の格好をしていない上でお役目をすることは大変むずかしく、「これも僧侶としての修行」と思って頑張っています。

当時、雑誌やテレビで叩かれてもまだ僧侶資格がなく得度式を終えただけの私には、反論や説明できるだけの知識もなく、ただ傷ついていたのです。

何が一番大切？

煩悩のすべてを捨てる必要はまったくありません。すべてを捨てたら、望みがなくなり、生きていかれなくなります。食欲や睡眠欲を捨てたら、病気になってしまいます。こうした「生」に関わる煩悩のほかにも、捨ててはいけない欲望はいろいろと存在します。

たとえば「戦争が起こらず皆が幸せに暮らせますように……」とか、「将来、○○という仕事に就《つ》きたい」とか「家族全員が健康でありますように」など、生きていく上で、自分にエネルギーや励ましを与えてくれる煩悩があります。

こういう欲望を取りあげてしまうなんてことは、神様仏様でもできません。

「○○の彼女になりたい」「結婚したい」「しっかり働いて、いつか○○ブランドのスーツを着られるようになりたい」

これも否定する必要のない欲望です。否定されがちな性欲だって、命をつなげていくために必要なものとして、人に与えられた欲望です。人は、コントロールすることを知っていますから、きっと食欲、性欲など命をつなげていく煩悩も与えられているのでしょう。

でも、強欲、貧欲、欲深……欲が多すぎる煩悩こそ、悪い煩悩の固まりです。こういう人は、いっぱい望んでいるわりには、何が一番か、優先順位が判っていないことが多いのです。


私はよく知らない方から相談を受けます。高野山《こうやさん》奥の院で本山《ほんざん》布教師として法話をしているとき、特にその機会に多く恵まれます。おひとりおひとり、じっくり話を聞いていきますと、あれもこれもそれもと、望みがいくつもある人が多いです。

「何が一番大切なの？」と尋《たず》ねても、すぐに答えられない人も少なくありません。「△△」と答えてから、「やっぱり▽▽」と言い換え、迷っている人もいます。

あれもこれもと望んでも、結局は自分自身の心をまだ理解できていません。薄く広く望むよりも、欲望を一つや二つに絞《しぼ》ったほうが、その目標に向かって進みやすいというものです。欲望があってこそ、頑張ろうという意欲が湧《わ》いてきます。「〇〇さんとつきあいたい」とか「もっときれいになりたい」といった欲望もそうです。エネルギーが湧いてきて、前に一歩出る勇気をもらえます。

頑張っている自分を、ときには声に出して褒めてあげてください。体内の細胞くんたちがそれを聞いて喜び、もっとあなたを頑張らせてくれます。

自分のことでなく人のこと、この国のこと、世界のこと……と、大望（大欲）になればなるほど、自分の欲望が減っていくものです。欲望が多すぎると、自分が混乱したり欲望にふり回されたりしますが、それを通り越すくらい欲望のスケールが大きくなると、心がシャンとし、しょうもない煩悩に煩《わずら》わされることもなくなります。

人の幸せを、とはいうものの、その中に自分のことも含まれています。そうして最終的には自分の幸せとして戻ってくるものです。自分のために、自分だけは、自分が……という「なんでも自分ファースト」のとらえ方を変えてみませんか？

捨てられる欲望はいさぎよく処分して、必要な欲望だけ大切にできたら、心はもっと穏《おだ》やかになり、生きていきやすくなります。

大人の女は好奇心を枯らさない

心の交信のためにも

ヘトヘトに疲れ果ててしまったときや、イヤなことが続いたときなど、家に帰った途端、（もう何にもしたくない。動けない。何も考えられない）ってなってしまうことが私にはあります。

そんなとき私は、ウチのネコを抱っこしたまま、ボーッとしているだけです。ボーッとしか、体がしてくれないのです。何にも興味が湧かなくて、顔を洗うことや、身のまわりをきれいにすることにさえ怠慢《たいまん》になってしまうくらい意欲を失っています。

それでも、ネコがトイレをして、バッバッと砂かけを始めたときだけは、反射的にネコトイレに駆けつけて掃除をせずにはいられず、（まだ私は大丈夫かな？）と、ひとり笑いしてしまいます。

前にも言いましたが、煩悩（欲望）をすべて捨ててしまうと、何にも興味が湧かなくなって、人生だけでなく生活さえ前に進めることができなくなってしまいます。

好奇心は、何に対してでもいいんです。好奇心を持ち続けることが、生き抜いていく上で、そして健康維持やアンチエイジングなどにもつながっていくのです。

毎日が、好奇心に満ちていなくても大丈夫です。あまり好奇心が強すぎては、心も体も使いすぎて余分に疲労してしまうし、「何？　何？　何？」と、あちこちに顔を突っこめば、かえって人に煩わしがられたり、心労の原因にさせてしまうかもしれません。

あなたの好きなことは何ですか？　「別に」と言わず、なければ捜してください。好奇心があるのとないのとでは、日々の「張り」がまったく違ってきます。スポーツで好きなものは？　食事は？　色は？　お茶は？　メイクは？　スタイルづくり？　アンチエイジング？　見つからなかったら捜しに行きましょう。


たとえば自然の中へ行ってみませんか？　好奇心をくすぐられる要素がいっぱいあります。山の中へ入ると、大きな広い空を見あげて感動したり、風を感じて深呼吸をしたくなったりします。風は、どう体に当たっていますか？　やさしいですか？　冷たいですか？　痛いですか？　ペタッとしていませんか？

空に浮かぶ雲はどうですか？　おもしろい形はありますか？　どんなスピードで流れていますか？　雨が近づいていると知らせてくれていますか？　たった今、太陽を隠しちゃいましたか？

名前を知っている木や花に出逢ったとき、知っている人に再会したみたいに何か嬉しくなりませんか？　「あっ、〇〇の花」って声をかけているかもしれません。

名前さえ知らない雑草のような花でも一生懸命咲いていると、「かわいい！」「こんなところで頑張って咲いているの？」「踏まれちゃうよ……」など、つい声をかけたくなります。こうして自然が、眠っていた好奇心を呼び起こしてくれるのです。

私たちの言語が、はたして「自然」に通じているかどうかは判りません。でも言葉によって、自然と心を通わせることができます。好奇心がなければ、人とも自然とも何に対しても心を通わすことはできません。

見えるもの、触れるもの、感じるもの、この世のすべてに存在する意味があり、それぞれに心というものがあります。好奇心を持てば心の交信ができ、相手が何者であろうと応えてくれるものです。そうと判れば、もう一歩前へ出たくなりますよね？

日々の活力の源

問題を起こすのを恐れるあまり、あれやこれや恋愛さえも禁止しているある老人ホームへ取材で訪れたとき、入居している誰もが意欲や好奇心を失った無気力状態でいるのに、びっくりしました。

「ただ、お迎えが来るのを待っているだけ」

朝食を食べた直後から椅子に座って、ボーッと昼食を待っている男性が、私にそう言いました。誰もが人のことも、何事にも反応を示しません。生きること、毎日をすごすことにさえ興味や好奇心を失っているのです。好奇心を持ち続けることが、どんなに大切か、そのとき教えられました。

一時間という時間は、誰にとっても平等で同じ六〇分ですが、それをどう使うかによって、自分の心が変化します。心と体はつながっているので、心がいいほうに変化すれば体もいいほうに変化します。対象は何でもいいので、常に好奇心を持つことが、あなたを輝かせるために必要なことなのです。

アンチエイジングをしたいなら、美容への好奇心は不可欠です。美意識を放棄したら、たちまち目に見えて顔の老化が進みます。体の老化を少しでも遅くしたいなら、健康への好奇心も捨てることはできません。仕事だって、遊びだってそうです。

妙なたとえかもしれませんが、ウチのネコの「天ちゃん」のことを私は「あほちん」と呼んでいます。自由気ままで、ネコのくせにきれい好きでなく汚い好きで、他の子よりちょっと賢《かしこ》さに欠けて、とんでもないことをしでかす子ですが、いいところもたくさんあります。

好奇心がいっぱいで、何にでも興味を持ち、常にたのしいことを捜しているのです。だから毎日、本当にたのしそうです。

あほちんがたのしいことを見つけたら、いつもすぐに私を呼びます。たのしいことを分かち合いたいようです。一日何回も呼ばれるので時々、私にとっては迷惑ですが、常に好奇心を持つと、こんなにたのしく充実した毎日がすごせるんだ……と、私は、あほちんに教えられているのです。

たのしいことを捜し、好奇心を持ち続けることは、日々の活力につながります。それは自分自身に興味を持つことでもあります。ということは自分の人生に好奇心を持っているということにもなります。

好奇心を持ち続ける人って、輝いていて魅力的で、かわいいと思いませんか？

「やさしい人になりたい」という好奇心や、「いい女になりたい」「人のお役に立ちたい」といった前向きな好奇心を持ち続けていれば、やがては、私たちの前に開けている道にも光が当たってくれるでしょう。

好奇心は、自分自身を輝かせ、脳や肌はもちろん、体をいきいきとさせてくれます。好奇心の的《まと》は、ひとりひとり違います。違うからいいのです。あなたの好奇心を尊重してください。

苦しみから逃げずに出口を見つける

遠回りのようで一番の近道

生きているといろいろなことが起こります。辛《つら》いこと、苦しいこと、ものすごく淋しい別れ、悲しいこと、とてもショックなこと……。あまりに辛くて自分を見失い、「こんな辛い思いをするために生まれたんじゃない！」「もう死んだほうがまし」などと、死が頭をよぎった経験のある人は少なくないのではないかと思います。

私も子どものときから何度もありました。抗鬱剤《こううつざい》を飲みはじめたら、それにすがるようになってしまい、なかなか抗鬱剤をやめることができなかった時期もありました。泣きすぎて、このまま意識がなくなっていくのではと、体がフッと浮いて倒れたこともありました。

「悪いことや辛いことは起きてほしくない」

皆、そう思っています。でも生きていれば、誰の身の上にも起こらないということはありません。なぜなら、同じように幸せな嬉しいことも起こっているからです。

不幸だ、辛い、悲しい……そればかりを取りあげて大事《おおごと》にとらえてしまいがちですが、過去に幸せなことやいいことも、受け入れて喜んでいたのです。ところが、目の前にある大変な壁やハードルばかりが頭を占めてしまって、過去の喜びどころではありません。
喜びを素直に受け入れたように、悲しみや苦しみも自分で受け止め、受け入れ、乗り越えて生きていく……いくら世の中が進歩しても、この古風な昔からの方法が、遠回りのようであって一番の近道のようです。

自分のところへ苦しみが来てしまった以上、逃げることはできません。逃げて、投げやりになったり、命を絶つことを考えても、何の解決にもなりません。もっともっと辛く泥沼へはまっていってしまいます。

幸せや喜びがある以上、悲しみや苦しみをなくすことはできません。そういうものなのです。自分に置き換えて考えてみても本当に酷《こく》で、生きていくって大変だと思います。でも苦しみの中から、光や喜びは生まれてきます。苦しんだからこそ得られる喜びや幸せなのです。

苦しみは一生は続かない

そして、もう一つ忘れてはいけないのは、苦しいのは自分だけじゃないということです。
皆、辛い経験をしています。その辛さの度合いや続いた時間はひとりひとり違いますが、生きている限り、誰の元にも、喜びも悲しみも訪れるのです。

何ごとも自分の思う通りに行くとは限りません。そんなこと判っているのに辛さのあまり忘れてしまっています。今起こっていることを見つめて受け止め抱きしめるところから、乗り越える道のりが始まります。

そこまで来るのに、どれだけかかるか判りません。ひとりひとり歩くスピードが違うように、苦しみ悲しみの種類も受け止め方も違います。それでも、のちに射してくる光や喜び、そして美しい海に体が浮かんでいるような穏やかな心は、自分の元にやってくるのです。逃げていたら手にできません。


弘法大師空海《こうぼうだいしくうかい》の書かれた「教王経開題《きょうおうぎょうかいだい》」に私の好きな言葉があります。

「生《せい》は楽《らく》にあらず。衆苦の聚《あつ》まるところなり」

生きていくことは楽なことではありません。この世は苦しみが集まっている所なのです。

この言葉通り、生きていくことは大変です。でも皆、喜びも悲しみも抱きながら一生懸命生きています。「私はなんて不幸なの？」「どうして私だけが苦しいの？」と、比較をしないでください。皆、同じです。

ひとりひとりに話を聞いてみたらきっと、（いつも笑顔のこの人が、こんな苦しみを経験していたなんて……）と驚くでしょう。大人だから、顔に出したり言葉にしたりしていないだけです。（私よりずっと辛い思いをされている……）と、度々私は取材を通じて多くの女性の苦しみを知らされています。

でも、大丈夫です。

苦しみは一生は続きません。残念なことですが、喜びも一生続くわけではありません。人も物も皆、無常。心も変わるし、建物だって古くなります。皆、移り変わっていくのです。悪い人だって、ずーっと悪人のままではありません。

いいことが何もないと思っている人へ

私は毎年、四月と七月と一一月に四国一の霊峰《れいほう》一九八二メートルの石鎚山《いしづちさん》に登拝行《とうはいぎょう》をさせていただいています。四月に行くたび、山参道が雪で隠されているので、道ではない雪の上を崩《くず》れないと信じて登って行くのです。

滝や湧き水の流れる道も雪に埋もれていたり、凍っています。でも四月の後半になると、硬かった冬山の風景が、少しずつ少しずつゆるんできます。凍っていた川の水も、少しずつ少しずつ溶けて流れ出します。

厚く凍っていた氷だって、季節がくれば溶けて、やがて美しい川となって流れ出します。

人生も同じです。ずーっと辛いだけで終わることはありません。苦しんだときこそ、そのあとに道が開けていくのです。

そんなことはない、私のところにはいいことなんかちっとも来てない、と思うならば、今日一日をふり返ってみてください。

今日無事にすごせて日が沈み夜が来ました。目を覚ましたら太陽が昇って明るくなっています。また命をいただけました。当たり前と思うようなことこそ幸せなのです。

遍路をしていると、「遍路おかげ話」をよく聞きます。遍路をしている最中に、再就職先の内定が出たとか、取引きが決まったとか、遍路を終えたら病気が治《なお》っていたとか、家出していた娘が帰ってきた……などいろいろです。車椅子で遍路をしていた人が、札所前で急に立ちあがり歩けるようになったなど、すごい事実を本人から聞いたり、引率していた先達《せんだつ》さんから聞いたり、宿泊先で聞いたりします。

(じゃ、私は……？　毎月毎月、こんなに苦しい思いをして一生懸命遍路をしているのに、どうして私のところには皆みたいに一巡しただけで、驚くようないいことが起こらないの？)

遍路二巡目を終えたあたりから、こっそりそんなことを思うようになりました。三巡目を終えたあとは、テレビのレギュラー番組がなくなったし、四巡目ではいいことどころか、歩きすぎて疲労骨折してしまうし、五巡目を終えても特にいいことは起こらないし、六巡目もどうせ……。そんなことを内心ちょっと思いながら、毎月毎月歩いていました。

ところが八巡目になったとき、ようやく気がついたのです。遍路を始めて八年も経ってです。

私は毎月こうして二泊三日ないし一泊二日で、必ず四国に来て遍路修行をさせてもらっている。強風で瀬戸大橋が通行止めになったときだって、船で四国へ渡れたし、疲労骨折をして治っていないのに足を引きずって遍路をしてこられた。病気のときも体をかばいながらも遍路がいつも通りにできたし、仕事が詰まっていた月だって、たとえ一日でも遍路に来ることができた。

何だかんだとあっても、私は毎月ずっと遍路を続けさせてもらっている。いろいろと、あちこち故障は起こるものの、この過酷な遍路に体が頑張ってくれている。四国への交通費を捻出《ねんしゅつ》できる仕事もいただけている。まわりの人の理解もあって四国へ行ける。

「続けさせてもらっている」「変化がない」ことこそ、大変なご利益《りやく》ではないのかと、ようやく気がついたのです。

現在一二巡目ですが、一二年間、毎月いかなるときも遍路をさせてもらえていることが喜びだと、八年もの年月を費やしてやっと気づけました。

いいことが何にも起こっていないと感じたら、私のようによく自分のことを見つめてみてください。小さいけれども喜びはまわりにたくさんあるはずです。その喜びを一つ一つ抱きしめることによって、辛いことを少し小さくできるといういいことも起こせます。

苦しくなったら皆も苦しい、そう思って、逃げずに苦しみを受け止め、少しずつ乗り越えていきませんか?

真っ暗なトンネルの中を一生歩くことはありません。必ず光が射してきて、出口が見つかります。

第二章　自分にＮＧを出すとき

過去を追いかけない

恥ずかしい、口惜しい出来事

「もしあのとき、失言をしなければ……」「もしあのとき、もう一つのほうを選択していれば……」「もしあと一分、そこへ行くのが遅ければ……」と思い出してしまう出来事が、私にはいくつもあります。いまだに（ひゃ～）と、ため息が出てしまうくらい恥《は》ずかしかったり、口惜しかったり……ちっとも忘れていません。

でも幸いなのは、過去を変えられないことです。というのは、もうそのときのことは、どうにもできないのです。それでもこうした一つ一つの忘れられない出来事を二度とくり返さないよう、私にいまだにお勉強させてくれているわけです。二度とくり返さないように……といっても、またくり返してしまうこともありますけど。

この忘れられない「出来事」をよくよくふり返ってみると、物事が絶頂だったときとか、仕事が断りたいほど入ってきていたときとか、何かに慣れて油断してしまったとき、そして恋人と別れて淋しかったときなどで、気がゆるんだり、怖いものなしと調子にのっていたり、やけに人恋しくなったりと、一瞬の隙《すき》ができた矢先に起こっているのです。

普段の私なら、自分らしくない、あり得ないことなのに、心の一瞬の隙にドン！　と、魔がさすとでもいうのでしょうか。

でもこれは、やっぱり人生のお勉強です。恥ずかしい経験をしたという、このチャンスを無視したり正当化したりすれば、人として成長できません。そのまま突っ走ってしまうと、ひっくり返るような大きな悪いことが起こっても、驕《おご》っているあなたを、今度はまわりの人が見ないふりして、助けてもくれません。恥じらいがあれば、あなたはステキな大人です。

自分だけでしでかしたことなら、（恥ずかしい）と思っているだけですみますが、人に迷惑をかけてしまった場合は、何年経ってでもいいので、謝《あやま》りたくなれたとき、その人に謝りましょう。

それで相手がどう思うかは判《わか》りません。でも、あなた自身は、謝ったということで、勝手ですが、かなり心の荷が下ろせると思います。

まずは反省をしましょう。反省ってイヤなものです。なかなか自分自身と向き合うことができません。

こんなとき、仏教では、いいチャンスが与えられています。毎回、仏様の前で、まず懺悔《さんげ》することからお経が始まるのです。「ざんげ」でなく「さんげ」と言います。反省をすることによって、これまで複雑に体に絡《から》みついていた糸から解放されるのです。

悪いことをしたら、相手に謝る勇気を持ってください。内容によっては、自分自身に対して謝る思いやりも持ってください。あなたがワンステップ上がれるチャンスです。

ところで、反省など絶対しないで、「私がこうなったのは、あいつのせい」と、人のことを恨《うら》み続けている人がいます。明けても暮れても何年経っても怒りが収まらず、その人を恨むことをライフワークにしている人がいます。私もよく相談を受けてきましたが、憎む対象のほとんどが異性関係です。

「憎むことに心と時間を費やしていては、前に進めないし、あなたが幸せになれない」

と言っても、

「あいつが不幸になれば、それが私の喜び。憎むことをやめたら、私の人生、空っぽになっちゃう」

とかたくなで、なかなか聞く耳を持ってもらえません。でも、それは当然かもしれませんね。相手を憎み続けることに、これまで命を燃やしてきたのですから。

それでも、その人の幸せや将来を一番に考えると、

「憎しみを持つのをやめて、許してあげる努力をしましょう」

と言わざるを得ないのです。

人を憎み続けること、怒り続けることに人生を懸けるのは、とてもとても辛《つら》いことです。人は、前を向いて歩いていくようになっています。だから本当は、前を向いて歩きたいのです。それに反発して、前を向きながらも後ろ下がりを続けることは、歩くだけでも大変なのに、心のほうはもっともっと大変です。恨みを抱くというのは、本当はすごく辛くて悲しくて傷つくことなのです。

自分の心をその辛さから解放してあげられるのは、まず自分自身です。自分の心の持ち方で、辛さと縁《えん》を切ることができるのです。

残酷な教え

以前、私の階下に住んでいた夫婦の妻のほうが、大変なヘビースモーカーで、一日中、それこそ眠る暇も惜しんでバルコニーでタバコを吸っていました。窓を閉め切っていても、臭いのきつい輸入メンソールタバコのニコチンは上に上がってきて、私の住居を侵します。家にいるだけで髪の毛も手も、ネコの毛からもタバコの臭いがしていました。

一年後、ひどい受動喫煙から私の肺に疾患《しっかん》ができました。治《なお》せる適切な薬がない病気で、一生背負っていくことになりました。ネコも受動喫煙から気管支炎になりました。

相手に何度かお願いしましたが、わざとなのか、ますますひどくなるばかりです。

護摩行《ごまぎょう》で、禁煙するか引っ越しするよう毎日お願いしたり、神様に願かけをしたり、水《すい》行《ぎょう》をしたり……やり尽くすくらいやりました。それでも地獄のようなニコチン攻めの毎日で、「私たちの健康を返して！」と憎しみとストレスが増すばかりです。

階下の住人が引っ越してきてから一年半後、四国の霊峰石鎚山頂上社《れいほういしづちさんちょうじょうしゃ》の先生から私は教えられました。憎むのでなく、幸せを祈ることを。その二人が今より幸せになれば、きっともっとふさわしい所に移ってくれる……それは宗教家でもある私にとって、残酷なほど辛い教えでした。

それからというもの、毎日毎日、およそ一五分間、階下の夫婦の幸せを祈るようになりました。

この体を病気にした、憎い相手の幸せを祈らなくてはいけない。私がこんなに苦しんでいるのに、相手の幸せを祈るなんて……それが辛くて辛くて、毎日一五分という祈りの時間ももったいないと、いつもイヤイヤ祈っていました。

それでも宗教家だから、私は身をもって教えられているのだと、自分に言い聞かせ、とりあえず祈っていたのです。

宗教家は、どんな人の幸せも祈ります。憎しみを持った相手に対して、どう心を持っていくか、人にアドバイスできるよう自分がまず勉強させられているのだと思っても、辛くて苦しい試練は続きました。

祈りはじめてから一年半後のことでした。石鎚山に登拝行《とうはいぎょう》をして帰ってきたその夜、修行のあとで心がきれいになっていたからでしょうか？　気がついたら私は階下の夫婦の幸せを心から祈っていたのです。

部屋も私の体もニコチン漬けにした相手の幸せを一心に祈っている自分に気がついたとき、心が痛すぎて涙が止まらず、「般若心経《はんにゃしんぎょう》」もあげられないほどでした。でも私は幸せを心から祈ることによって、ついに二人を許せたのです。とはいえ、それからも、心から祈るということは、とてもむずかしく、祈りながら憎しみがひょいと顔を出す日もありました。

その夫婦が引っ越しをしたのは、私が「許す」ということを学んでから半年後のことでした。

タバコの煙が部屋に入ってこなくなった今は、私もネコの体も、少しずつ回復してきました。何よりも窓を開けて深呼吸できることの幸せを満喫しています。

人を許せる人になる

憎むことしか考えられなかったあの頃は、毎日が地獄と思っていたので、何をやってもたのしくなく、家に帰るのも怖くて、何もかもが後退するばかりでした。

憎い相手を許し、相手の幸せを心から祈ることを学んだ私の心は、とても柔らかでやさしくなっていました。私は宗教家なので、幸せを祈るとはどういうことかと教えられたのだと思います。だからあなたに、ここまでやってくださいと言っているわけではありません。

人を恨むことと同じくらい、人を許すことにはエネルギーと時間をつかいます。簡単なことでは、けっしてありません。

それでも許すことを学んだ人は、尖《とが》っていた心を丸く、もっと大きくやさしくすることができます。

自分の幸せがほしいなら、まず人を幸せにして、徳をいただいちゃいましょう。

ご先祖もそうです。ご先祖にお参りして、ご先祖に幸せになってもらわなければ、生きている私たちの幸せは、なかなかやって来ません。

何度も言いますが、相手を許すことは、本当に身を切るほど大変なことになるかもしれません。でも、前に進むためには、憎むのでなく許すしかありません。それは自分でできることなのです。許せるようになるまで、どんなに時間がかかっても、自分の心を変える努力をしてください。

自分の心の持ち方一つで苦しみとサヨナラし、喜びを迎えることができるのです。今後の長い時間をどんなに穏《おだ》やかに自分らしく生きていけるかを考えたら、その時間や努力はけっして無駄にはなりません。やがては、憎しみに人生を懸けている、その時間こそ無駄と、思えてくるはずです。

憎しみの相手と同じレベルに下りていって五十歩百歩の闘いをしていては、少しも前に進めません。ドロ沼の中で二人してもがいているようなものです。

許してあげて前に進めたとき、自分がどう変われるか、必死に憎んでいる最中には想像さえつかないかもしれません。きっと、もう少し強く、もう少しやさしくなれた自分が、もっともっと愛《いと》しくなっていると思います。

昔話は似合わない

過去の写真は見たくない

新しく復活したクラブ「マハラジャ」に行って踊ってきました。とってもたのしくて懐《なつ》かしくて、そこで踊っている人たちの誰もが時代を共有したという連帯感で、友達になっていました。かつては、同じフロアで踊っていても、友達になどなれなかったのに不思議ですよね。

大好きなマイケル・ジャクソンやプリンスの曲がかかると、涙が出るくらい嬉《うれ》しくて、(あの頃は、夢中で遊んでいたな) なんて思い出したりしました。

でも、これじゃいけないのです。確かにマイケル・ジャクソンやプリンスの歌は、今も大好きで、その大好きな曲で、堂々とクラブで踊れるってことは、本当に嬉しくてたのしいことなのですが、いいことしか思い出していない自分に、はた！　と気づきます。

私は過去をふり返るのが嫌いで、行《ぎょう》のとき以外の写真は、ほとんど残していません。辛いことが多いので、「昨日より今日、今日より明日のほうがきっといい」と、いじめられていた小学生の頃から、ずっとそう信じてすごしてきました。

小学生のとき、辛さから毎日自殺を考え、それでも自殺しないですんだのも、「今がドン底。もう少し生きていれば、きっと今よりよくなる」と自分で逆転の発想ができていたからなんです。そのせいか、今より辛かった過去の写真は見たくないのです。

行の写真に関しては、辛ければ辛いほど、今、行をするときの励みになります。行のレベルは、過去に比べてはるかに上がったものの、過去よりどんどん厳しい行を強《し》いられていますす。それで、時々原点に戻るためにも写真を残しています。

私が駆け出しのライターだった頃、まだ女性が働くことが社会で認められにくい時代でした。頑張っても、いいことをしても、「セクハラ」という言葉もまだ存在しない時代、私に限らず働いていた女性たちは、「女だから」「女のくせに」などと言われ、口惜しい思いもいっぱいしながら乗り越えてきました。そのストレスを吐き出すために、ディスコやクラブに通っていたことを今の私はすっかり忘れてしまっていたのです。

女性差別やバッシングが当たり前のようにあっても、光（将来）を求めて暗いトンネルの中を夢中で走っていた頃、怖いもの、失うものがなかったのは、事実です。大人になったら怖いものが増えて「大人賢く」なっちゃったというのも、淋しい事実です。

命懸けともいえるハードな取材をし、人の何倍も仕事をしてきたつもりでいました。眠る暇を惜しんで仕事をして、踊りにも行きました。一途で、駆け引きという言葉も知らず、純粋に一生懸命走ってきました。でも時間が永久にあると思っていたので、どこかで「いつでもやめられる」「守るものはない」と考え、捨て身の一生懸命さがあったのかもしれません。

カウントダウン方式はやめる

大人になって年を重ね、人生の折り返し地点が近づいてきたり、折り返し地点を越えると、(あっ、時間が足りない!)って気づきます。

(あれもやりたい、これもやらなくちゃ)

ところが、残されているであろう時間を計算してみると、どう考えても足りないのです。そんなことを考えること自体、私も随分《ずいぶん》大人になっちゃったなって自覚せざるを得ません。だったら、時間が足りないというカウントダウン方式で物事をとらえるよりも、今、自分の持っているだけの能力やパワーを使って、精一杯毎日をプラス方式ですごしていくほうが生きていきやすいと思えてきたのです。

大人になってしまうと、疲れ知らずだった体が、酷使《こくし》すれば悲鳴をあげる日もあります。怖いもの知らずの頃は、体にムチ打ったあとさらに酷使して、仕事に遊びに恋にと駆け回っていました。

大人になったら、人に対してだけでなく、自分の体にも思いやりが必要になります。体が悲鳴をあげた日は、すべてを明日にすることにして、罪悪感を持たず、すぐに体を休ませてあげてください。

精一杯毎日をすごすということは、「今日のことは今日のうちに」しないといけないように思いがちです。私もかつては、「今日のことは今日のうちに」と、いつも自分で自分のお尻をたたいていました。ところが、残された時間が足りなくても、精一杯毎日をすごしているつもりでも、ちょいとどこかで息抜きできる技《わざ》を持ち合わせているのが、大人というものです。

今を精一杯すごして、罪悪感を持たず、しっかり休む。時間をうまく使えるのが、長く人生を歩いてきた大人の特権だと思います。今、自分なりの力を出して一生懸命すごしていれば、困難に出くわしたとしても、少なくとも「若い頃はよかった」とか「昔はよかった」という言葉は、頭に浮かんできません。

山は、一歩前に出ないと頂上に向かって進めません。一歩一歩と前に出て歩を重ねていかないと、頂上に着かないし、下山もできません。

人生も同じです。立ち止まっているだけでは社会の一員として人生を送っていかれません。

たとえ立ち止まったとしても、戻らず、やはり一歩前に、ゆっくりでいいから歩み出て、また一歩……が、生きていくための基本ではないでしょうか？

自分の歩幅で、自分のスピードで歩んでください。人と同じにする必要はありません。

「自分らしく」と、自分自身を尊重できるのが大人の生き方です。

「恋捨人《こいすてびと》」になってはいけない

人を想う心の隙間は誰にもある

誰かを好きになると、どこからか、いつの間にか、ものすごいパワーが出てきて、目覚めた途端に景色が変わっているくらい、毎日が一転します。些細《ささい》なことで笑えたり、これまで何ともなかった歌を聞いて涙したり、好きな人に対してだけでなく、ファッションやヘアスタイルやメイクなど、自分自身にも興味が湧《わ》いてきて、身も心も、とにかく忙しくなります。

恋する相手は、手の届く所にいる人だけでなく、芸能人やアスリートでもいいんです。好きになるのは、自分の勝手ですから。恋するだけで、肌がツヤツヤになって、きれいになれちゃうなら、恋をしたほうが断然得です。

でも結婚してるし……という女性でも、恋をすることはできます。見慣れた夫に恋をし続けることもできます。恋愛を成就《じょうじゅ》させ、おつきあいを始めたり、結婚となってくると、それは恋する先の話です。恋の先を求めれば、たのしいことだけでなく、辛いことだって起こるものです。だから、恋という「いい所《とこ》取り」をしませんか？

まずは、恋をしようという意欲を捨てた「恋捨人《こいすてびと》」にならないことです。「そんな年じゃない」なんて言わないで。恋に年齢制限はありません。

辛かった恋愛を終えたあとや、年齢が上がってきて、見かけだけでなく心も「おばさん」になってしまうと、「もう恋なんか……」と恋捨人になってしまいます。老人ホームで一〇年近くつきあった男性と死別した八〇代の女性にインタビューしたとき、「もう恋なんて……」と、彼女が視線を伏せて私につぶやきました。ということは、八〇代になるまで彼女は、恋捨人になっていなかったのです。女性としてステキな人生だったと思いませんか？

恋捨人になってしまったら、もう女性リタイアです。たとえ三〇代の若さでも「おばさん」の仲間入りです。常に恋をしたい、恋をする心の準備があるという状態ならば、恋への欲望があなたをこれからもずっときれいに輝かせてくれます。心が柔らかくなり、人として魅力的でもいられます。

「仕事をしたいから」と、仕事や時間を言いわけにして、恋をしたい気持ちから逃げている女性もいます。時間がなくても、仕事を優先したくても、実は恋は心の中に侵入することができます。忙しくても人を想う心の隙間《すきま》はあるものです。

年を重ねるほど必要なエネルギー供給源

恋に前向きな人や、恋の準備ができている人が、私にはちょっぴり羨《うらや》ましいです。

私は、不倫恋愛をしている三〇〇人以上の女性から、これまで取材で話を聞いてきました。風俗で働く女性、女性結婚詐欺師《さぎし》、それからいろいろ下半身やお金に関係する取材ばかりしていると、仕事でお話を聞くだけで、「もうお腹いっぱい。ごちそうさま。自分の恋や恋愛はいらない」となってしまいました。

今の男性作家とは随分違うと思うのですが、私がまだ新人取材記者や、作家になりたてだった頃、恋愛シーンが出てくる小説や官能小説を書く男性作家の何人かは、いつも恋をしていて彼女がいました。きれいな彼女同伴でテレビやラジオなどの仕事場に現れる作家もいらっしゃいました。そうやって恋愛をしていると、筆力がますます冴《さ》えてくるようです。

これまでガンガンとエロチックに書き飛ばしてこられた作家の作品が、あまり恋愛や女性のことを書かず健全なおとなしい内容になってきたなと感じると、実は闘病されていたり、彼女と別れたり、男性自身に問題が生じたり……などの事情が起こっていたようです。

筆力を劣えさせないために、毎週のように若い女の子と、肉体関係ありのデートをしていた作家もいます。それも「仕事のうち」と、その作家は妻公認だったのです。

不倫をすると、週刊誌やテレビで、とことん社会的制裁を加えるような今の時代とはまったく違い、かつて「表現をする」世界は、かなりおおらかで寛容でした。

恋をしたいという気持ちを捨てていない男性は、たとえ高齢でも輝いていて、明るくエネルギッシュでした。

それほど恋が人を変えられるものなら、恋をしたいという欲望は、生涯捨ててもらいたくありません。つきあうとか、恋愛するとか、結婚、離婚とか、そこまで行く必要はないのです。ターゲットは、会うことさえ叶《かな》わない芸能人やアスリート、有名人でも大丈夫です。恋をしたいという欲望を持つことが、まずは大切なのです。

恋捨人になったら、もうどうでもよくなって、自分自身のことも構わなくなり、若くても、どんどんいわゆる「おばさん」になっていってしまいます。「おばさんでいい」と言っていられるのは、若い、本当にわずかの間だけです。すぐに、実年齢より若く見られたい、若い体を維持したいと願う年齢がやってきます。

若いうちは、若さだけで誰もが十二分にきれいです。若さだけでごまかせない年齢になってきたら、あの手この手と、いろいろ努力をしたり、体にいいことを施《ほどこ》していかないと加齢を抑えこめません。実年齢以上のエネルギーや能力を放出するためには、恋が最適だと思います。

いくつになっても決して女を諦《あきら》めず、「恋をしたい」気持ちを持ち続けてください。そうすれば、きっと、一生かわいい女性でいられます。

大人の女の悩みに同情は無用

不幸話で同情を買う人に巻きこまれない

「ねぇねぇ、聞いて。○○君ったら」

恋をしていれば、誰だって幸せな気持ちを人に話したくなるもの。好きな人と目が合っただけで舞いあがり、メールが返ってきただけで胸が熱くなり……。聞いてあげるほうは、「はいはい」と、けっこう大変ですが、何を言っても「恋をしている人」には通じないし、自分のときも、おそらくそうなるので、これは許しておいてあげましょう。

人の幸せ話って、ちょっぴり羨ましいですが、笑顔を眺めているだけでも嬉しいものです。恋の興奮期は、何年も続くわけではなく、そのうち落ちついてくるので、それまでの聞き役は、「喜んであげ役」というわけです。

本気で大変なのは、失恋したり、悪いことや苦しいことが起こった相手から話を聞いて、「うんうん」と同情してあげることです。大人になって社会参加するようになると、一〇代や学生の頃にはなかったような悩みごとや問題が、不思議と起こるものなのです。その内容は、職場内のことだったり、ママ同士の人間関係や、恋愛、結婚そして家庭内の問題、またお金や病気、介護に関わることなど……一つ山を越えて終わったと思ったら、また次の山が……。大人になると、なぜか次から次へとやってくるものです。

嬉しいことも多い分、大変なことも、誰の元にも必ずやってきます。ということは、誰だって人は、悩みの一つや二つ、抱えているということになるのですが、中には、不幸話をいっぱい人に聞かせて同情を買おうとする人もいます。そういう人種は、自慢話ばかりする人種と同じ人数くらい、この世に存在するのではないでしょうか。

慈悲《じひ》の「慈」は、人と一緒に喜びを分かち合うことを言います。慈悲の「悲」は、人の痛みが解《わか》ること、人と一緒に苦しみを分かち合うことを言います。人の苦しみや痛みを分かち合うことは、とても大変なことです。苦しい心を開いて声に出して人に伝えることは、二重の苦しみがあり、とても辛いことですが、聞くほうもとても辛いものです。

苦しみの原因は解決しませんが、聞いてもらう相手がいることによって、その人の抱えている重くて苦しいものが、少し軽くなった気がしてきます。話している間に聞き手からエネルギーを勝手にいただいているのですから、軽くなって元気が少し出てくるのも当然です。話を聞いてもらっているうちに「あら！　会ったときより顔色がよくなってきたわよ」と言われたことありませんか？

聞き手は「それでもいい。相手の苦しみが少しでも軽減されるなら」と慈悲の心で聞いてくれています。でも喋《しゃべ》る人の心のどこかに「同情を買いたい」「不幸自慢したい」という不純な気持ちがあると、聞き手の「人助け精神」が汚《けが》されて、真剣に聞いてあげた結果、ヘトヘトに疲れ果ててしまうのです。

喋った本人は同情を強引に買って気分がよくなるかもしれませんが、同情を売られたほうはどうでしょう。いただいちゃったものの置き場所も捨て場所もありません。迷惑をかけるけれども、しょうがないので、それを他の誰かに聞いてもらって新しい同情を買おうとすれば、その先の聞き手がまた置き場所や捨て場所に困って……マイナスの連鎖反応です。

同情を簡単に強引に買う前に、真剣に考えてみませんか？　苦しいときこそ、自分を見つめられるチャンスです。なぜ苦しいか、自分の中に蒔《ま》いた種はなかったか、その種（原因）は何だったのか……。人のせいにしているかもしれませんが、きっと自分の中にも原因（種）があります。

自分の蒔いた種のトリセツ

嬉しいこともいつまでも続くわけではありません。調子にのっていると、つまずいたり、ひっくり返ったりすることもあります。同様に苦しいこともずっと続くわけではありません。

心って本当は、静かで波の立たない海底のように穏やかなものです。嵐で、どんなに大波が立っていても、深い海底に波は立っていません。何か問題や悩みができると、心の表面で波が立ちます。でも表面だけなので、自分の心のとらえ方次第で、またもとの穏やかな心に戻すことができます。

誰のものでもない、あなたの心です。波を立てるのも波を鎮《しず》めるのも、あなたの心のとらえ方次第です。人は、あなたの心に直接触れることができないのですから。

人の同情を買う前に、デンと構えて、自分の蒔いた種は何だったのか、心を見つめ、心の中の種（原因）を捜してください。これはまた別の苦しみや苦労になるかもしれませんが、その蒔いた種を受け入れようと考え方を変えてみることも大切だと思います。悪いことだけではありません。心の中には、因縁《いんねん》の種だけでなく、やさしさの種も存在します。だから安心してデンと構えていてください。

こう書いている私も、三度目の夫と結婚しなければよかった、結婚に同意したという種は私にもあるのにと解っていても一〇〇パーセント受け入れることができていません。約二〇年の年月を経てもこうです。自分を見つめることも、種（原因）を受け入れることも大変でむずかしいことですよね。でも最近では自分の蒔いた種を受け入れようとする姿勢だけでも価値があると、いいほうに解釈して、心に余計な無理をさせないようにしています。

お金に遊ばれない人に

お金がつくるドラマ

「お金持ちの家に生まれた子とそうでなかった子。神様は不公平だ」と言う人や子どもがいます。私も大学時代、まわりにお金持ちの息子さんやお嬢さんが多かったので、とても羨ましかったです。

私の親は会社員なので、お金持ちの子たちから小バカにされたときや、「こっちの話よ」と線を引かれるたび、口惜しい思いをしました。お金を持っていればいいのかと、がむしゃらにマクドナルドでアルバイトをしていた時期もありました。その結果、学校とアルバイトで毎日が超多忙になり、皆とお茶をしたり、一緒に遊びに行く暇がなくなったので、いつの間にかお金持ちから意識が離れていました。

人はどんな家に生まれてくるかを選べません。どの親になるかも誰も知りません。ということは、この世に生まれてくるとき、「不公平」でなく、「人は平等」なのだと私は思います。

お金はあるけれども、暴力の巣になっている家庭、親がほとんど不在の家庭、病気で次々と家族が亡くなっていく家庭、家族が皆ぐうたらで遊んでいる家庭……家庭の数だけ家族のスタイルがあります。どの家庭なら受け入れられますか？

昔から「心のきれいな人はお金が貯まらない」と言います。私利私欲がないので、お金があっても自分のためでなく、人のためにきれいに使ってしまいます。「江戸っ子は宵越《よいご》しの金は持たない」と、よく言われましたが、金遣《かねづか》いの荒い人も、お金が貯まりません。

お金が少しでも入ると、「貸してくれ」と、どんどん持っていっちゃう家族や縁者や友人に困っている人もいます。私が長年、風俗取材をしていたとき、親や夫、恋人の借金のために体を遣って稼いでいる若い子が大勢いました。また、芸能人や有名人が、家族や縁者、そして仕事仲間にお金をさんざん使われてしまったという話を何度も聞きました。詐欺、強盗や殺人、保険金殺人など犯罪も跡を絶ちません。

人が稼いだお金を「(返すつもりはないけど) 貸してくれ」と奪っていってしまうこと自体、私には信じられない話なのですが、お金となると、プライドもなく、だらしない人がいます。

お金との向き合い方

お金は生きていくために必要です。何でもお金で買えるわけではありませんが、すべて自給自足で生きていくというのは、とてもとてもむずかしいことです。

生まれたときは、家によって金銭的な違いがあったとしても、大人になれば働いて自分で稼ぐことができるので、挽回《ばんかい》や追い抜きも可能です。

働いてみなければ、お金の大切さやありがたさは判りにくいものです。今の世の中、まじめに働いていても、なかなかお金は貯まりません。ローンを組むことができれば家も買えるでしょうけど、現金払いで家を買うのは、非常にむずかしいです。

年金も将来、減額されたり、どうなるか判らないし、自分がこの先、ずっと健康でしっかり働けるとも限らない。会社だって倒産しないでずっと大丈夫かどうかなんて、今は判らない時代です。

人は先のことを知ることができません。健康であるとか、会社がずっと繁栄していくとかを前提として、それを信じて日々生活しているわけですが、これが突然、覆《くつがえ》るようなことが起こるのです。そんなことは決して起こってほしくないのですが、そういうとき、とても大切で頼りになるのは人とお金です。

何があってもいいように、あれこれ準備している人は、ショックを受けたり悲しんだりしたとしても、自分を見失うほど焦《あせ》りません。たとえば病気が快復するまで、あるいは次の仕事が決まるまでなど、突然空いた時間をすごすためにお金をキープしているからです。

キープ金はすぐ出せるタイプのお金でなく、引き出すのがめんどくさいタイプのお金であればあるほど効果的です。そうしたら「ないもの」として普段忘れていられるからです。忘れていれば、「お金貸して」とか「食べるお金もない」と、お金目当てで人が寄ってきても思い出さないので、返ってきそうもないお金を貸すこともありません。

また、忘れているので、目の前にある収入で切り盛りしており、買わなくていいものを衝動買いしたりする恐れもありません。

「財施《ざいせ》」と言って、お布施《ふせ》の一つ、「生きるお金」を人に与えるのはとてもいいことですが、貸しても返さない人に与えても生きるお金にはなりません。

大切な宝石箱に何が入っているか

お金は必要です。でも、たくさんのお金が入ってくると、もっともっとと欲望という煩悩《ぼんのう》が湧きあがってきます。だから、お金は魔物なのです。

四苦八苦の苦しみの中に「求不得苦《ぐふとっく》」という苦しみがあります。ほしいものが手に入らない苦しみです。

生活が潤《うるお》っていても、欲望は天井を突き抜け、もっともっともっとお金がほしい、お金が必要……と欲望が止まらないでいると、いつの間にか、お金の思う壺《つぼ》にはまっていきます。お金で遊ぶつもりが、お金に遊ばれているのです。苦しいですよね、心がどんどん反比例して貧しくなっていきます。

私は、お金にふり回されている人をいっぱい見てきました。お金に遊ばれていることに気づいていない人もいっぱいいます。特に内緒で現金をもらうことを覚えてしまうと、人はその先ずっと、お金にふり回され、遊ばれてしまうようです。

別の言い方をすると、お金に執着しすぎているということです。だからお金が少なくなることが不安でしょうがありません。減ることは許せないから、しがみつきます。だから人と人との争いも生まれます。

バブル時代（一九九〇年頃）、現金を持っているバブリーな人のまわりに、いつも多くの人が集まっていました。その人となりに魅せられて人がくっついていたわけではありません。お金が目的だったのです。バブルが弾《はじ》けたら、元バブリーな人たちから一斉に人が去っていきました。お金ってそんなものです。

バブリーな人も、それに群がる人たちも、お金に執着し、お金にふり回されて遊ばれてしまいました。そして、貧しい心を育てていってしまったのです。

お金を持っている人が偉い世の中ではありません。人それぞれ価値観が違います。お金が一番とは限りません。でも、お金がまったくないと生活できないし、人に迷惑をかけるかもしれないので、お金とはうまくつきあってください。

住居や車など大きなもの以外は、先に借金するのでなく、現金が貯まってから買ったほうが、借金という魔物に遊ばれることもないと思います。お金がすべてで、お金で何でも買えるわけではありません。本当に大切なものは、誰もが自分の中に持っています。

たとえばあなたの中。心の宝石箱を開けてみてください。大切なものがそこにあります。「健康な体さえあれば、頑張って仕事をして稼げるし、何だって乗り越えていける」と、病気の人はそう思って今、病気と闘っているかもしれません。「愛する人が一緒にいてくれるなら、苦しくたって二人で頑張るからいい」と、困難を乗り越えていこうと、今まさに頑張っている人もいるかもしれません。

お金に遊ばれないよう、あなたの大切な宝石箱を時々開けてみてください。

自然の摂理に逆らわないで生きていく

水行《すいぎょう》で思うこと

私は深夜、日本海の強風の名所で、ひとり海に入り、水行を年中させていただいています。地震など災害が起こりませんように……。人々が穏やかに幸せに暮らせますように……。吹雪く中でも大雨の中でも、全身全霊で祈りながら「般若心経」を唱《とな》えます。

密行《みつぎょう》なので、場所を言えませんが、台風や時化《しけ》の夜など、大波が荒れ狂っています。えぐれるように海に穴が開く、その中に命懸けで入っていくのですが、自然が暴れているとき、私の心にも緊迫感や恐怖心や不安など、心乱れる感情が湧きあがってきます。そういうときこそ、特に冷静にならなくてはいけないのに……。災害や人々の幸せなど、大望を願かけするのだから厳しく怖い行《ぎょう》も当然と、覚悟し直して海の中へ入っていきます。

こんなとき、以前の私なら、荒れ狂う海に挑《いど》んで水行をしていました。

月に四回以上、この海で深夜ひとり、二〇年間水行をさせていただいている今の私は、挑むのでなく、荒れ狂う怖い海でもシンクロし、一体化させてもらおうと臨《のぞ》みます。海水がえぐれるくらい波が暴れていても、海底は、やっぱり穏やかなのですから。

すべての水行を終え、本殿でお礼を申しあげたあと、私はまず、たった今まで行場だった海と空をふり返って見ます。台風や時化のときは、波がゴーッと、トンネルの中を通過するトラックのような轟音《ごうおん》をたてていますし、空も黒く暗いし、濃霧にすべてを隠されてしまうときもあります。

ところが、大雨や強風が吹いていても行のあととなると、私の目には穏やかな景色に映るのです。それは、私の心が行によって洗われ、純粋できれいに戻っているからだと思います。凍傷《とうしょう》で手足の指に激痛が走る中、深々《しんしん》と降る雪を見つめ、「きれい……」と、立ちすくんでいるときもあります。また、これまで雲に隠されていた月が突然現れて、行の終わった私や海を照らしてくれるときもあります。心がさらに清らかになり、自然と同化できたことを味わえる瞬間もあります。そういうときは、無意識のうちに涙が頬を伝っています。

私たち自身、そして私たちのまわりの環境や世界は、私たちの心の持ち方で変わっていきます。そして私たちがつくりあげた環境や世界も、私たちの心に影響を与え、変えていきます。

私たちがやさしい穏やかな心を持っていれば、まわりをいいほうに変えることができます。でもまわりが闘いや暴力、いじめなど悪いことばかりだったら、私たちの心もすさんでいきます。父親が母親にＤＶをふるい、家族がののしり合うような家庭で育った子どもは、暴力で人を支配できると考え、「いじめ」の方法を学んでしまいます。でも、明るく会話の弾む温《あたた》かな家庭で育った子どもは、人にやさしくする方法を学び、いじめる方法は学びません。

自然と一体化できたとき

水行の最中、本気の全身全霊で大望を祈願しているとき、海と空と、守ってくださっている神様や仏様と、自分の体が一体化したと感じるときがあります。私も自然のひとかけらに加われた瞬間です。いつもあるわけではありませんが、こういうことが行をしていると起こるので、二〇年続いてきたのだと思います。

行でなく、山や海、お花畑など、自然に囲まれたとき、我を忘れて感動していることってありませんか？　それが自然と一体化したときです。

私が「行は水（海）に挑むものでなく、一体化するもの」と気づいて以来、滝行のときも、まず水とシンクロして滝の中に入っていくようになりました。潰《つぶ》されそうなほど激しく勢いのある滝や、氷が張っているくらい非常に水が冷たいとき、負けないようにしようと、長い間、頑張りすぎてしまいました。自然の一部である滝水に勝負を挑むのでなく、自然と一体化できたときこそ、喜びが生まれ、清らかな心と体を取り戻せるのです。

人と自然とは、勝負をしたり対立する関係ではなく、古《いにしえ》から一体化した関係だったんですね。

人から指図されたり注意されたりしたとき、感謝して素直に受け入れられないことがあります。でも自然に教えられたときは、不思議と謙虚に受け止められるものです。

どうしたらいいか判らなくなったとき、迷いすぎて立ち止まってしまったとき、この世から逃げ出したくなるくらい苦しいことに出逢って自分を見失ってしまっているときや、誰の話も素直に聞けないくらい辛いとき、絶叫したくなるくらい淋しいとき……そういうときこそ、自然に戻ってみませんか？

もともと私たち人間は、自然から生まれてきたのです。ありのままの自分で自然の中に入っていけば、きっと何かを感じさせてもらえます。捜している答えが見つかったり、決心できたりするかもしれません。

私は修行で霊山行《れいざんぎょう》を毎月のようにさせていただいています。心に何かわだかまりや悩みを持って霊山行に臨むとき、登拝して下りてくる間に、何かを教えられることがあります。「自分で見つけなさい」とでも言いたげに、山が見守っているだけというときもあります。でも、後日答えが見つかり、はっとします。自分の心の持ち方が変わったのです。

山は、人が手を加えなくても、自ら枯れる草木や育つ草木がいて、自然の摂理《せつり》に逆《さか》らわず、命あるものたちが共存して暮らしています。「自然の師」から学べることはたくさんあります。

でも「おい！　教えろ！」じゃなくて、あくまでも謙虚に。自然を上から目線で見ないでください。

自然を尊敬し、自然の摂理に逆らわないということが判れば、今、あなたの置かれている環境にも、それが通用すると思います。

仕事のときは、時には無理を強いられますが、他の時間は、できるだけ無理をしないで、あなた本来のあなたで、その世界へ入っていってください。楽になれます。もしかしたら、あなただけが環境（世界）に抵抗をしていたのかもしれません。

自分の心がまわり（世界）を変え、まわり（世界）が自分の心をも変えてしまう。このことを時々思い出すためにも自然に逢いにいきませんか？　自然を大切にしたら、命あるものを大切にすることを教えられます。あなた自身と、あなたを取り囲む人々や環境をもっと大切にしたいという気持ちが生まれてきます。

長い人生の間には、自然と同じように流れに逆らわず、流れに身をまかせ、流れに乗ってしまうことが正しい選択になるときだってあります。

第三章　自分磨きをサボらない

石も人も磨けば光り出す

人生の折り返し点で僧侶をめざす

『私を抱いてそしてキスして——エイズ患者と過した一年の壮絶記録』（文藝春秋）で大宅《おおや》壮一《そういち》ノンフィクション賞をいただいたとき、『極道の妻たち®』の連載当時の「週刊文春」編集長に、

「たくさんの砂利《じゃり》の中から君を拾ってよかった。磨《みが》いたら光ってくれた」

と言われました。最高の褒《ほ》め言葉でした。「週刊文春」に拾われた当時、私はまだ女優への夢を抱いていて、文章なんてほとんど書いたことのない素人だったのですから。

山口組 vs. 一和会《いちわかい》の全国に広がった大抗争（山一抗争《やまいち》）が起こらなければ、「命懸けで闘っている男たちの陰で支える妻たちは、今どんな気持ちで愛する人を見守っているのだろう」という疑問も取材意欲も湧《わ》かなかったと思います。といっても女優のほうも鳴かず飛ばずだったので、作家でも女優でもなく、転職していたはずです。ということは、全一六作の映画「極道の妻たち®」も存在しませんでした。

その後、取材を通じて出逢った女性たちから、多くの人々が、苦しみ、もがきながらも、

頑張ろうと前を向いて生きていることを知らされ、そのような人たちが気楽に立ち寄り、悩みや思いを話し、さわやかに帰っていかれるような「ミニ駆け込み寺」をつくりたいと思うようになりました。

そのためには、僧侶資格と住職資格が必要と、私は作家だけでなく、仏の道も歩むようになりました。今はまだ、お寺には出逢っていませんが、高野山本山《こうやさんほんざん》布教師というお役目に就《つ》いて、高野山の総本山金剛峯寺《こんごうぶじ》や奥の院で、自らが「歩くお寺」となって、布教のための法話をおこなっています。

私が、高野山大学の大学院に入学したのは、人生の折り返し点に及んでからのことです。僧侶になるための必須科目があり、二〇歳前後の何でも吸収できてしまう年齢の大学生たちと一緒に授業を受けていました。

（私、覚えられるかな？）（私、理解できるかな？）（ついていけるかしら？）

不安で不安で、心配ばかりしていました。お大師様の書物や、密教の教科書を何度読んでも、何が書いてあるか判《わか》らないのです。読んでも読んでも読んでも、内容が頭に留まってくれません。

さらに悪いことに、私は小学生のときからそうでしたが、授業が始まると、すぐ眠くなってしまうのです。

これでは試験もパスできないと思った私は、繰り返し繰り返し教科書を読むために、車を売り、運転をやめました。どこに行くのも電車に乗る間を勉強の時間にしたのです。

なんとか筆記テストはパスできましたが、試験が終わると、全部きれいに忘れてしまい、また覚え直しです。

実技の中で私にとって一番むずかしい声明《しょうみょう》（仏様を呼ぶための経文の歌唱）の単位を取るために、声学の先生に個人レッスンをお願いして一年間通いました。声明は、男性僧侶のための音程なので、ソプラノの私が男性の音程に合わせるのは、とってもむずかしいのです。

テストで納得できなかった私は、先生が「リベンジしたい人」と言われたとき、真っ先に手を上げ、その場で再テストを受けました。私ひとりでした。恥《は》ずかしくて手を上げられなかった生徒さんたちは、単位を落としてしまったようです。

放っておいたら、くすむ一方

頭と体は、使い続けなければ遠慮なく衰退していくようです。使っていれば、どんどん、もっと働いてくれるようになるものです。

「もう学生は終わったから」「結婚したから」「仕事が忙しいから」と、頭や体を使うことをやめないでください。一旦やめてしまうと、すぐに頭や体は怠《なま》けて活動してくれなくなるので、あとがとても大変です。

冒頭で、私が砂利と呼ばれたように、「どうせ私は砂利や、その辺にころがっている石ころだから」と、諦《あきら》めたり、無関心になったりしないでください。

石だって、宝石だって、才能だって磨かなければ光りません。

世の中には、自分を磨けるチャンスがいっぱいあります。「A」というものをちょっと磨いて「違う」と思ったら「B」を選択して、磨きはじめてもいいのです。それでも「何か違う」と思えば、「C」の磨きにかかっても、いいんです。

石だって、多少なりとも磨かなければ、どんな色なのか、どんな質なのか判らないのですから。たくさんの選択肢の中から、自分がしたい本当のことを見つけ出して、さらに磨いていく。玉や石は磨かれて、きれいになっていきます。人の才能や道も磨いていくことによって光ってきます。

ずっと輝いているために、くすんでしまわないために、大人は磨きをかけ続けます。

くすむのは簡単です。諦めたり、怠けて流されていればいいだけです。磨くことは、とても大変です。でも輝いている人はステキです。そういう女性でありたいと私も願っています。

大きなことでなくていいのです。勉強をすること、本を読むこと、何か習いごとを続けること、肌のケアをすることや、スタイルを保つためにダンスやヨガ教室に通う、家族の健康を守りたいから料理を習いにいくなど……選択肢は、いっぱいあります。

自分を磨くのは、自分しかできません。他人まかせや無関心で流された先は、くすんで泥まみれです。

自分を怠けさせず、自分磨きをしたいと思うことから、自分磨きは、すでに始まっています。少しずつマイペースで、自分磨きをしていれば、「輝いている人」であり続けられます。さらに磨き続ければ、きっと自分の前にある道にも光が当たって、その先も輝きはじめることでしょう。

遠回りしても仕事を続けることの大切さ

どの仕事も長続きしなかった

ＯＬ、女優、コンパニオン、編集者、とりたて屋、訪問販売、ウェイトレス、ホステス、取材記者、テレビ番組アシスタント他……一〇以上の職業を経て作家になりました。今の私は、作家と僧侶の二つの職業を持っています。職業にはなりませんでしたが、エステティシャンの資格も大学生時代に取りました。

高校一年の頃から私はテレビ局に営業をかけ、アシスタントの仕事をしていました。女優という夢に向かっていたのです。将来、私は脇役女優になって、一生その仕事をしていくと信じていました。そのために東京に出てきたようなものでしたが、小さい役ばかりで、「女優」と言えるような女優になれず、とりあえず夢を手放しました。

夢がなくなったので、（仕事ができれば何でもいい）と、真剣さに欠けていた私は、どの仕事をしても長続きせず、次々と転職を繰り返すことになってしまいました。

私にとって不安定な暗黒の時期でした。でも、のちに作家になったとき、これら数々の経験が、私の筆力を助けてくれることになったのです。

結局、続いているのは、作家と僧侶の仕事です。

「ノンフィクションを書く作家は、三年持たない」

私が「週刊文春」で『極道の妻たち®』を連載したあと、多くの男性同業者や男性編集者に忠告されました。その頃のマスコミは古い男性社会で、女性は男性の働く隙間《すきま》で働かせてもらっていたものです。だからまわりは男性ばかりでした。


ノンフィクションを書く場合、なぜか取材費は自費と決まっていました。だから取材をするためのお金が続かない。そして、人の心の中に入っていって、聞くのが心苦しいことでも語ってもらうという大変な苦労やストレスをともなう仕事で、体（内臓）が持たない。取材に何年もかけても、書店の店頭では小説優先で、ノンフィクションジャンルはまるで陰の存在。多くの人から認められにくく、苦労とお金の採算が合わない……などの理由から「三年は持たない」と言われ続け、はたして多くの先生方は小説家に転向されました。

それでも、こうしてなんとか三〇年以上続けてくることができました。エイズ患者さんとすごした記録を書いて、大宅壮一ノンフィクション賞をいただいたのは、この世界に入って一〇年目のことでした。

そんな私にも、ノンフィクションをやめて小説だけを書いていこうと決心したときがあったのです。

女優時代よりいい役をいただく

『極道の妻たち®』が映画化され、原作本を多くの人が読んでくださっていた頃、女性が男性のマスコミ領域《サンクチュアリ》に入ってきたということからか、相当なバッシングに遭《あ》いました。はじめてのことで、若かったのと、もともと私は口数が少ないので反論などできず、自律神経失調症になってすべての意欲を失い、生活することさえできなくなっていきました。

そんなとき、US陸軍《アーミー》の元夫の転勤が決まってアメリカに戻ることになり、私は環境を変えようと、仕事のすべてを捨てる覚悟で一緒に渡米しました。日本では、エイズが受話器やトイレでの接触から感染すると、誤った報道がされていた頃です。

その後、軍の町・ジョージア州サバーナ市に住んで生活をするうちに、エイズがとても身近にあることを知りました。

エイズの正しい知識を学び、日本の皆さんに正しく伝えなければ……と、失っていたはずの職欲《ヽヽ》が頭をもたげてきたのです。少しでも患者さんのそばに行きたいと、アメリカ赤十字社のトレーニングを受け、ホームナースのボランティアを一年間させていただきました。

抗争の最中、ヤクザ宅に住み込ませてもらい、これ以上の苦労はないと思った『極道の妻たち®』よりさらに『私を抱いてそしてキスして――エイズ患者と過した一年の壮絶記録』の取材は大変でした。それでも結局、私はノンフィクションを書くことから逃げられなかったのです。

その後、私は他のジャンルも書きながら、取材費が莫大にかかるノンフィクションをボツボツと、一作一年半から一〇年単位で取材し、今日まで続けてくることができました。人の心の中に閉じこめてきた真実を伝えさせてもらいたい、ただそれだけを貫《つらぬ》いてきました。

人の心の中に入っていかなくてはいけないという、一番私の性格や能力に合っていない職業ともいえますが、書いて表現するこの仕事とは最期《さいご》まで共にするつもりでいます。

「取材」といえば、知らない人からお話をうかがえるのです。これは、とてもステキな特権です。知らない人に、いきなり声をかけて話を聞くことはできませんが、「取材」という理由があれば、会ってもらえる可能性が高いのです。

この仕事の特権に気づいたのは、ほんの一〇年くらい前でしょうか。それまで「取材は苦しい」「取材は大変」と思うばかりで、この仕事のすばらしさがよく解《わか》っていなかったのです。

長い私の人生の道のりの中で、何度、他の仕事がよく見えて迷ったり、転職したり、捨てたり、立ち止まったりしたことでしょう。

それでも仕事をしているということは、社会に参加させてもらっている証拠です。そして私は、仕事が大好きなのです。私は物やお金をいただくより、たとえ小さくても仕事をいただくほうが、ずっとずっと嬉《うれ》しいんです。

子どもの頃の夢に到達できる人は、あまり多くはいないと私は想像します。でも、回り道をしたり、電車を乗り換えたりして、順調ではなかったものの最後には夢に到達できる人もいます。人生後半で本当にやりたかったことに気づき、それを全《まっと》うできる人もいます。

私の場合、女優への夢は叶《かな》いませんでしたが、映画「極道の妻たち®」をはじめ、映画やテレビドラマの中で、何度か科白《せりふ》をいただき、演技をさせてもらうことができました。その結果、(やっぱり女優は向いてなかったな)と認識させられましたが、大変な遠回りをして女優時代よりいい役をいただけちゃいました。

悪いところ捜しをしていませんか

自分のすぐれているところは何？　私の才能は？　自分と対面して自分を見つめ、答えを見つけてください。やりたい仕事が見つかったら、まずは一歩前へ出て、行動に移してください。

かつて多くの知らない人から「作家になりたいから出版社を紹介して」と相談を受けました。でも、そう言うわりに皆、何も書いていないんです。出版社を紹介されてから「書く」のでなく、まずは書くことです。人にお膳立《ぜんだ》てを頼んで、おんぶに抱っこを当然と考えないで、まずは自分でやってみてください。

仕事といっても自立できるレベルの仕事から、忙しい子育て中の限られた時間で働くパートタイマー、そしてリタイア後のセカンドワークやサードワークなど、仕事にはいろいろとあります。

「あれはイヤだ」「これはきつい」と、より好みをしなければ、いくつかの中から選べるほど仕事がたくさんある時代ではありますが、何が自分に合うか、何が自分にできるか、自分自身と相談して的《まと》を絞《しぼ》ってみてください。何度も立ち止まって迷ったとしても、自分に必要な道をその都度、自分で検討して選んでください。

私のように、ちょっと働いて、悪いところばかりを見つけて「だからイヤだ」と捨てたり逃げたりするのではなく、将来の自分を想像して向き合ってください。

そうして就いた仕事が、どんな仕事か判ってくるまでは続けてください。苦労だけして判らないうちにやめちゃうのは、もったいなくありませんか？　仕事が判ってきたら、責任ややり甲斐《がい》も増えてくるので、その先も続けていけます。

悪いところ捜しをするのでなく、いいところ捜しをしたら、仕事はきっと続くと思います。いいところが一つ、二つと見つかったら、それだけの分、もっとたのしくなります。たとえ単調な仕事でも、どうしたらたのしく働けるかを見つけるのも才能の一つです。

悪いところ捜しばかりして、イヤだイヤだと自分から拒絶していては、ちっともたのしくなんかなりません。

ところで、あなたの夢は何でしたか？　思い出してみませんか？　まだ間に合うかもしれません。働いてお金をいただくことは、簡単なことではありませんが、何らかの仕事を続けていれば、社会に参加し続けられます。世の中に置いていかれる気分には陥《おちい》りません。人とのコミュニケーションも切れません。

いただいた賃金で何かを買うことも、仕事のたのしみであり、活力のもとです。続けるといっても、すぐ安定できる人と、遠回りをし続ける人もいます。ひとりひとり歩くスピードが違うように、皆、違うのですから、時間の違いは仕方ありません。

遠回りをして苦労をすることも、血となり肉となり……あなたのかけがえのない大切な財産になっていきます。遠回りも、決して悪いものではありません。それだけ長く続けられるということですから、遠足もたのしんじゃってください。

好きな本を手元に置く

壁にぶつかったときに、迷ったときに

電車に乗って車内を見渡すと、ほとんどの人がスマホをいじっていて、本を読んでいる人がいません。電子書籍を読んでいる風でもなく、ＬＩＮＥかゲームをしているようです。

何年か前までは、文庫本や週刊誌を読んでいる人が何人もいたのに、今やこの車内で文庫本を読んでいるのは私だけ？　と、いつも淋しく思います。たまに車内で文庫本を読んでいる人を見かけると、なんだか知っている人に出逢ったような親近感が湧いてきます。

私は主にノンフィクションを書いているので、仕事以外で本を読む場合、ノンフィクションはまず読みません。ノンフィクションは取材がとてもとても大変なので、他の著者の作品を読んでいると、取材の大変さを思い出してしまい辛《つら》くなってくるため、あえて読まないようにしています。知りたいことが湧いてきたときは、自分で取材して答えを見つけています。

私はミステリー小説が大好きなので、毎日欠かさず頭を休めるために読んでいます。犯人が知りたくて最後まで待てず、犯人の判明する最終章を斜め読みしてしまうことも度々《たびたび》です。

ミステリー小説は、時代劇テレビドラマのように必ず犯人が捕まるので、気分がスカッとし

て頭の休養になるのです。

私は高野山真言宗《しんごんしゅう》の僧侶で、お大師様の言葉を伝えるという役目を担った本山布教師ですから、勉強のために弘法大師《こうぼうだいし》空海《くうかい》の著書や解釈本も日々、積極的に読むようにしています。

好きな本、好きな作家がいるということは心にいい影響を与えてくれます。それは、大きな影響の場合もありますし、心を左右しすぎない程度にあえて小さく、心《そこ》にいてくれるという場合もあります。

私たちの人生もたのしいことや嬉しいことだけではありません。壁にぶつかったときや悲しいとき、迷ったときや傷ついたときなど、あまり歓迎できない状況のときに、好きな本を目を閉じて「エイ！」と開いてみます。意外にも、開いたそのページに自分の求めていることが書いてあるということが、けっこうあるんです。

拙著『不倫のルール』や『別れのルール』（以上、大和出版）の読者さんに道ですれ違いざま、「パッと開いてそのページに書いてあった通りにしたら、うまくいきました」と言われたことが何回もあります。

宗派は違うのですが、真言宗の僧侶の書かれた一冊の本は、常に私の机上にあり、ペンで囲ったりマーカーで線を引いたり、カラフルでボロボロになっていますが、必要なときにヒヨイと開いてみると、答えが見つかります。

その好きな本によって、自分の忘れていた部分を取り戻したり、散らばってしまっていた自分の心のかけらを集めてくっつけたりができるのです。また、その本に出逢ったときの自分を思い出し、初心に帰ることもできます。

心のパートナーにもなってくれる

同じ一冊の本でも、二〇歳のときに読んだ読後感と三〇歳のときの読後感とは違います。本は、読む人がどう受け止めるかということによって、書かれている内容が変わります。同じ人が読んでも、読んだ時期や、そのときの自分の置かれている状況などによって、受け止め方がまったく変わるものです。だから本っておもしろいのだと思います。

私は、絵草子《えぞうし》『吉原炎上』（文藝春秋）が大好きです。『極道の妻たち®』を出版したときに担当の編集者さんが「これも最近、僕が編集した本だけど」と下さった本です。

嵩《かさ》みすぎた取材費を捻出《ねんしゅつ》するために、売れるものはすべて売り、一度は泣く泣く手放してしまった本ですが、今は原稿を書く机の前にある書棚の中央に収まっています。

『極道の妻たち®』と同じ時期に出版された『吉原炎上』を読むと、抗争の最中、ヤクザの幹部宅に住み込ませてもらい、無鉄砲でがむしゃらに、厳しい取材をしていた新人作家時代を思い出します。

また、この本のおかげで、一九二三年九月一日、関東大震災で亡くなった四五〇名以上の吉原遊女の供養《くよう》を毎月、一九年間（二〇一八年八月現在）させてもらっているきっかけにもなったのです。

大人になると、なかなか人に叱《しか》ったり注意したりしてもらえません。違う方向に流されていたり、自分の心がいつの間にか歪《ゆが》んでいるのに気づかないままでいたり、パーフェクトな人間なんていないのに、自分は正しいと信じこんでしまっていたり……。職場なら注意をしてくれる上司がいると思いますが、自分に部下ができてしまうと孤独になります。本人が気づいていないのに、いつの間にか違う自分に向かって歩いているかもしれません。

ところが、自分の足りないところ、至らないところを好きな本に指摘してもらえると、素直に受け入れられるのです。


そもそも本というものは、日本古書籍商協会によると、聖徳太子《しょうとくたいし》が書いたとされる『法華義疏《ほっけぎしょ》』（全四巻）が始まりです。法華経《ほけきょう》の注釈を書いたものです。その後、僧侶や武士など限られた人たちの間でいろいろな本が読まれてきましたが、江戸時代には、ついに庶民にも広がっていきました。

本のように古くからの歴史を持ち、今も存在するものは、信頼が厚く価値がとても高いんです。

好きな本を何年かに一度、読み返してみると、自分の歴史も思い出します。前は理解できなかったことが、理解できる年齢になったり、純粋だったあの頃に戻れることもあります。好きな本がそばにあると、心強いものです。

本が溜《た》まって邪魔になるからと、電子書籍に移行する人も増えていますが、好きな本は、やっぱり本として近くに置いておいてあげてください。

目を閉じて、エイ！　と本を開く……そこに書いてあることが、今の自分に必要なこと。それは時に手厳しいですが、たのしみでもあります。

心のブレーキを点検しておく

言葉の裏側にある真実を探る

前にも書きましたが、私の作品は主にノンフィクションで、取材をすることによって事実だけを書いていくジャンルです。私は、必ず本人にお会いしてお話をうかがい、原稿を書いたあとは、その原稿を本人に読んで納得していただいてから出版することにしています。

ところが、中にはお話を聞いているうちに辻褄《つじつま》が合わないことが出てきて、(その話、本当?)と、疑問が湧いてくるときがあります。

必要に応じて裏付け取材をすることは当然ですが、話を聞いているうちから怪《あや》しい場合は、その人のことを書かないという選択をすることもあります。

壮絶な経験を隠すために「私の人生なんて大したことないんですよ」と言う人と、そうでもないのに「私の人生は映画になるくらいすごいのよ」と言う人がいらっしゃいます。いずれにしても、言葉の裏側にある真実を私は取材で常に探っているのです。

高野山に駐在していて、相談を受けるときもそうです。口では、そう言っているけれども、(本当は何を言いたいのだろう?)、そこが判らなければ、適切なアドバイスもできません。

世の中は、いいことと悪いこと、表と裏、幸不幸、苦楽など、二面性がいっぱいあります。何が真実で、真実でないか、自分で見極《みきわ》めないといけません。

子どもの頃は、ストレートに言ってストレートに返せばよかったのに、大人になると、相手の言葉をストレートに受け取りかねるときもあり、裏の本当の意味を捜さなくてはいけなくなります。

「仕事が忙しくて」が本当に忙しいのか、忙しいことは忙しいけれども、自分と会いたくないから忙しいのか、「また今度食事に」と言われて、「また」は本当に実現させたいのか、逃げなのか、「とてもいい人で……」が、心から言っているのか、それとも無難だから言っているのか、皮肉で言っているのか……大人になると、めんどうくさいです。

京都の人たちは、古《いにしえ》から人を傷つけないように断ったり、注意したりする「思いやりの言い方」が身についています。京都に住むことに私は大変な憧《あこが》れがありますが、この反対の意味のことを相手を傷つけずに伝える言い方や受け取り方をマスターできないと、地元の皆さんの中に入っていかれないでしょうから、今は観光客の立場で満足しています。

自分の中にもいろいろな二面性がある

私は子どもの頃、いじめに遭った経験から、人は皆、苦しみや悲しみを心の中に閉じこめて、表向きは何ごともなかったように笑って生きていると知りました。そのときから私にはずっと、人の裏を見る癖がついてしまったようです。

　のちに作家になってからは、善より悪、表より裏、喜びより悲しみのほうに惹《ひ》かれ、光の当たっていない世界を取材し、書き続けてきました。

　そうして判ってきたことは、人は善より悪、幸せ話より不幸話、喜びより怒りや悲しみのほうに惹かれやすいということです。

　一〇代の頃、優等生に惹かれる女子が多い半面、不良までいかなくても、ちょっと悪いことでもしていそうな男の子に惹かれる女子も多いものです。

　抗争の最中、住み込み取材をして書いた『極道の妻たち®』の映画が当時、多くの人に受け入れられたのも、「知らない裏世界をのぞいてみたい」「極道にはなれないけど、姐《ねえ》さん気分を味わってみたい」といった気持ちからではないでしょうか。映画館から出てきた女性たちは皆さん、主役の「岩下志麻《いわしたしま》姐さん」のように、肩をいからせ、ガニ股気味で眼光が鋭かったものです。

　私たちの心の中には、いろんな二面性があります。いい人の私と、ちょい悪をしたり、はめをはずしたくなる私。そうして、思いこみかもしれませんが、いい人の私より、ちょい悪の私のほうが魅力的だったりするのです。「ちょい悪オヤジ」が流行《はや》ったのも、やっぱり人は、刺激のあるほうをつい求めてしまうからなのでしょうね。

でも自分の心の中にある善と悪、表と裏……本当に陰の部分のほうが魅力的であってほしいですか？　悪や裏のほうに強い力でひっぱられると、最初はよくても、ずっとは居心地がいいわけありません。もともと私たち人は、本性は善であるという「性善説」が基本にあるのです。

まずは、自分のイヤな部分を捜して観察してみませんか？　とってもイヤなことです。自己嫌悪に陥る前に今度は、自分のいいところも捜して見つめてみましょう。裏と表が判ってくると、(自分も案外いいヤツだな) と、いいところも悪いところも含めて自分がもっと好きになれます。自分が自分を嫌いでは、人も自分のことを好きになってくれません。

「案外いいヤツ」と判れば、何かいいことをして、もっといいヤツになってやりたいと思えてきます。自分を見つめたときと同じように人の表、いいところを見つめていると、心が軽くやさしくなってきます。

健全ブレーキの働く穏やかな心で

ところで、あなたの心にブレーキはついていますか？　高速道路を車で飛ばしたり、高野山のようにカーブを繰り返す坂道を下っていっても安心して走れるのは、ブレーキがあるからですよね？　ブレーキのついていない自転車は、違反車です。あなたの心のブレーキは大丈夫ですか？　ちゃんと働くようケアをしていますか？

万一、悪いヤツと出逢ってしまい、悪いことのほうに暴走してしまったときは、心のブレーキが働いてくれます。心のブレーキの手入れを忘れていてブレーキが効《き》かなかったら、暴走し続けて、とことん行ってしまい、あとはどんな悪い結末が口を開けて待っているか判りません。

心のブレーキが健全に働けば、悪のほうや悪いヤツに向かっている自分自身に、ブレーキをかけ、もとのあなたに戻してくれます。「あのとき、あそこで別れていれば……」「あのとき、あの時点でＮＯと言えていたら……」。心のブレーキが効けば、そこでやめることができたはずです。自分のブレーキに自信のない人は、信頼できる人に「何かってときは、ブレーキをかけてね」と日頃から頼んでおいたほうがよさそうですね。

私のやっている取材も同じです。指針が真ん中のゼロ状態、つまり先入観などない心が真っ白な状態で取材しなくてはいけないのに、取材を重ねていくと情が入っていって相手のほうへ傾いてしまうことがあります。そんなときも、心のブレーキをかける必要があるのです。

『極道の妻たち®』でヤクザ抗争中の困難を極《きわ》めた取材をしているうちに、心がどんどん姐さんたちのほうに引っぱられていく自分がいました。取材に一年八ヵ月もかかっているのです、情が入ってしまうのも仕方ありません。

ところがそのとき、担当編集者さんが「ちょっと入りこみすぎだよ。常に中立の立場で取材しないとね」と、まるで私の首根っこをつまみあげるようにして、私にブレーキをかけてくださったのです。そこからまた私は、中立の真っ白な心で取材に入っていけるようになれました。

自分自身に対してブレーキをかける場合と、人に対してブレーキをかける場合とがあります。自分がそうであるように、人にも表と裏、善と悪、喜びと苦しみなど、二面性があります。いいほうだけを信じたい、見たいと思うのが、やさしい人の常ですが、そこを狙《ねら》っての詐欺《さぎ》事件も後を絶ちません。

大人になると、まっすぐに表現しない人、そのまま表現しないほうがいいと思っている人など、いろいろな思惑《おもわく》が存在するようになります。特に愛する人ができてしまうと、何も見えなくなりがちですが、健全ブレーキの働く穏やかな心で、これからも自分自身と人を見ていってください。

自己アピールは必要以上にしなくていい

人目線から自然目線へ

歩き遍路《へんろ》をしていて、自然や四国の皆さんに教えられることがたくさんあります。

徳島県にある十一番札所《ふだしょ》・藤井寺《ふじいでら》から、十二番札所・焼山寺《しょうさんじ》までは約一二・九キロあります。平地なら三〜三時間半ですが、遍路山道「焼山寺道」を行き、三つの山越えをするので、人によっては四〜七時間かかります。山道が細く、暗い所が多くて、蛇《へび》が怖いので、私はいつも冬に行きます。冬の焼山寺道は、雪が一面に積もっています。

ただでさえ冬の歩き遍路は少ないのに、焼山寺道へ行くお遍路は、ほとんどいません。真冬の朝、藤井寺を出て、一気に一八〇メートルの高さを上がり山に入ると、真っ白な雪の世界が広がっています。木の葉も山道も草も、お地蔵様も皆、雪に埋もれています。その中に私が入っていこうとするのですが、真っ白に彩《いろど》られた美しい雪景色を壊してしまいそうで、一歩足を踏み入れる前に思わず、

「失礼します」

と言ってお辞儀をしています。雪に埋もれたきれいな白い道に一歩、そして一歩、私が足

跡をつけてしまうからです。

聞こえてくるのは、雪を踏む靴の音と背中で揺れるリュックの擦《す》れる音、それから時々、バタバタ！　と飛び立つ鳥の羽ばたきの音。ビクッとさせられますが、きっと鳥のほうが私にびっくりしたから飛び立ったのでしょう。

こうして自然の中をひとり歩いていると、自然の中を歩くことを許されたという感謝の気持ちが湧きあがってきます。かつてお遍路は、自然とともに歩いていたのだと、自然が私に語りかけてくれます。

随分《ずいぶん》昔、私たち人間は、自然とともに生きていました。でも、不便だからと、人がどんどん自然を壊して便利な世の中へと変えてしまいました。便利な世の中は、私も大好きなのですが、「自然を大切にしなくてはいけない」ことを忘れていないかと知らされます。

自然の目線で見ると、「人が一番」「最優先」という価値観がひっくり返ります。これまで「人が」「自分が」「私が」と人中心で考えがちでしたが、自然目線でとらえてみると、「私が」と言っている自分が、なんてちっちゃいんだろうと、恥ずかしくなったり後悔したりします。

譲《ゆず》れないこだわりの部分は、譲る必要はないですが、なんでも自分中心、自分最優先でなくてもいいのではないでしょうか。

裸の王様になってしまわないために

ホテルのラウンジでひとり、お茶をしていると、お見合いや、ビジネスの勧誘説明や、上司と部下の休憩話など、とても興味深い会話が聞こえてきます。

自己主張をいっぱいする人って、自分が自分がって、自慢話やアピールばっかりですよね。聞いていていて、「うるさいんだよ」と言ってやりに行きたくなるくらい辟易《へきえき》します。聞かされている人も、聞いているふりをして、本当は心の中でうんざりしていると思います。

自慢話や自己主張をいっぱいする人は、喋《しゃべ》りまくる中で、悪口や、比較して人をおとしめることを言ったりもします。そういう人は、今度は他の人の前で、あなたの悪口を喋りまくっているかもしれません。

すべて自分中心、自分の言うことはすべて正しいと、ゴジラの火噴きのように口から吐き出し続ける人は、人の話を聞かないので、実はひとり芝居で裸の王様です。

「～をしてやった」「～をしたのは自分」「自分なら、誰にも負けない」「あんなヤツ、自分に比べたら、大したことないない」……自分でアピールしなければ、人に解《わか》ってもらえない、かわいそうな人なのです。

雨の一粒一粒は、どこに落ちるか、雨自身は知りません。川に落ちるか、土の上に落ちるか、海に落ちるか、屋根の上か、木の葉か、人の肩か……。川といっても広いので、川の流れの中に落ちる雨粒もあれば、流れからはずれたゴミの溜まった水たまりのような所に落ちる雨粒もあります。

（こんな所に落ちちゃった子は、蒸発できない限り、汚《きたな》い水たまりの中から出られなくて、かわいそう）

と、遍路の途中、川を眺めていて思うときがあります。

でも雨水はそれぞれ意味があって、そこに落ちているのです。だから、どこに落ちたら幸せかとか、運がないとか比較をし合ったりしません。

雨粒たちは落ちた先で、「私にできることは何かしら？」と役割を果たします。花を育てたり、汚れを落としたり、雨に戻ったり、雪になったり、海に流れこんだり……。何にも自己主張する必要はありません。自分にできる役割を果たせば、たとえばまわりの土や花や虫など、解るものからは解ってもらえるのです。

「賢《かしこ》かっこいい女」になる

人も同じです。街のためにゴミを拾ったり、あとの人のことを考えてトイレをきれいに使ったり、ボランティア活動をしたり、近所の清掃をしたり……誰もその場面を見ていなかったとしても、解る人には解るのです。

「私がやった」とアピールする必要はまったくありません。そういう人は、必ずそのやさしい人となりが、他のときにもあらわれているものです。だから解る人には解ります。解らない人というのは、あなたとレベルがあまりにも違うのでしょう。気にする必要はありません。

仕事のときなど、ときには自己主張やアピールも必要です。でも、それも「自分が」でなく「会社が」「人が」「お客様が」を優先的に考えたら、まわりの人の目が変わってきます。

自己主張や自己アピールする前に、まずは思いやりの心づかいと行動です。

自己主張や自己アピールをいっぱいする人は、お世辞や嘘《うそ》を言うのにも罪悪感がないので、平気で使いまくります。中には、そのお世辞や嘘に乗せられてしまう単純な上司や人もいます。

遠回りかもしれませんが、長い目で見たら、アピールしなくても人はあなたのことを解ってくれるはずです。なぜなら、自己主張のためにお世辞や嘘を言う人は、お世辞や嘘を一生言い続けなくてはいけないので、辻褄が合わなくなって、わりと早くに化《ば》けの皮が剥《は》がれてしまうからです。

横並びの価値観で捉えると、「私が」「自分が」と自己主張をしないといけない……となるかもしれません。横並びでは、四方塞《ふさ》がりを感じるときもあるかと思いますが、横でなく、上を見てください。上が広々と空いていることに気がつくと、自慢話や自己主張の内容なんて、本当にちっちゃなことになります。

自己主張を頑張ってし続けなくても、必ず人はあなたのことを見ています。天も見ています。おとなしくしろと言っているのではありません。自己主張は、必要以上にはしないほうが、絶対に「賢《かしこ》かっこいい女」です。

度合の見極めも大事です。「賢かっこいい女」になれば、人があなたに興味を持ち、もっともっとあなたのことを知りたいと、目を向けることでしょう。解る人にはよ〜く解るので、自分自慢や過剰アピールなど、愚《おろ》かなマネをしないですみます。

大人の女は自分の中の仏心に気づく

北極星のような生き方をしたい

イヤなことが起こったとき、うまくいかない日々が続いているときや、健康を害したときなど、神社やお寺、お墓などにお参りに行きたくなりませんか？

でも、これまで神社やお寺に見向きもしなかった人が、いきなり行って、「お願い！」とすがっても、頼まれたほうも戸惑ってしまうのでは？　人だって、通りすがりにいきなり「お願い！」と言われたって、何も事情が判らないし戸惑ってしまいます。

「困ったときの神頼み」って言葉があるくらいだから、神様仏様は、そんなちっちゃなことにこだわらず力を貸してくれるはずと、「そのときだけ」の人は思っているかもしれません。

確かにそうかもしれません。でも、お参りに通っていてこれまでの経緯や事情を神様や仏様がご存じならば、何かあったときにお願い話を理解してもらいやすいと思いませんか？

そのためには「行きつけ」の神社やお寺、教会などを見つけ、チョコチョコと通って神様や仏様に自分のことを覚えていただく必要があると思います。

あっちこっちと蝶《ちょう》のように飛び回って浮気をするのでなく、自分にとって中心（最も信頼する）となる神様や（お寺の）仏様を信じ、日頃からお参りして親交を深めておいてください。苦しいことに出逢ったとき、何かがうまくいかなかったとき、真っ先に浮かぶような神社、お寺、教会などの神様や仏様に心の支えになってもらえたら、とっても心強いです。

私は、行《ぎょう》で行く霊山や神社、四国八十八ヵ所の札所、そして水行《すいぎょう》をさせていただく行場やお寺などへ行くと、まず神様やご本尊様にご機嫌《きげん》うかがいをし、それから自己紹介をします。行が終わって去るときは、神様やご本尊様がお元気ですごされますようにとご挨拶させていただきます。人と同じです。

ひとりで霊山に入ったり、深夜ひとりで水行をするときも、神様や仏様をお呼びし、そばにいていただきます。すぐ近くで見守ってくださっていると思うと、闇《やみ》の中でのひとりぼっちの行も淋しくありません。

日々の生活もそうです。信仰するものがあれば、時折、道からそれたとしても、信仰するものが中心にありますから、また戻ってこられて、まっすぐな道を歩んでいかれます。

弘法大師空海の『秘蔵宝鑰《ひぞうほうやく》』という書物に、

「南斗《なんと》は随《したが》い運《めぐ》れども、北極は移らず」

と書かれています。星は天を巡《めぐ》っているけれども、北極星は動きません。

私たちも時代や状況に合わせて、あっちへ行ったりこっちへ行ったりフラフラせずに、動かない北極星のように、自分を信じる心を持ってくださいということです。

北極星って、かっこいいですよね。私は北極星のような生き方をしたいです。

神様や仏様の気配

自分を信じる心を持っている人と持っていない人とでは、心の強さが違います。

「私は弱いから……」と、よく耳にします。私はといえば、よく人から「あなたは強いから」と言われます。そんなことありません。人は皆、弱いのです。それを表に出すか出さないかの違いはあると思います。人はもともと弱いのですが、信心を持っている人は、ほんの少しだけ強くなれるのです。

宗教の種類や宗派など問いません。神様や仏様と向き合う機会を持ってみてください。心が落ちつき、心が洗われると思います。気持ちよかったら、またそういう機会を持ってください。いつか、自分自身の心と、神様や仏様が通じ合っていることに気づけるでしょう。

私は、小さなときから見えないはずのものが見え、意識を合わせれば言葉で交信できます。また相談を受けているときに、その人の後ろや左肩に、力を貸してくださる神様やお寺のご本尊様などが現れることがあります。

「こういう鳥居《とりい》で、こういう山の中にあって道路がこうなっている神社で……」と見えたままを説明すると、「あっ……近所の……」「あっ、それは実家のある町の……」と、思い出してくださいます。「お参りに行ってますか？」と尋《たず》ねると、ほとんどの人が、苦笑《にがわら》いです。せっかく力を貸してあげましょうと、神様や仏様が心配して寄り添ってくださっているのに、本人は気がつかないので、お参りにもずっと行かず大変な不義理をしています。

信じる心を持ち、落ちついた気持ちでまわりを見渡してみれば、今まで見えていなかったものも、見えてくるかもしれません。そばで心配されたり見守ってくださっている神様や仏様、あるいは人の心の気配を感じませんか？

心の中にある仏心《ほとけごころ》という種にも気づいてください。人は、仏心というやさしさの種を持って生まれてきます。その種に気づき、自分でやさしさの芽を出させ、育てていくのです。自分の中の仏様を信じる、つまり自分を信じる心を持てば、生きていく上で強くなれるのです。

仏心というとむずかしいと感じるかもしれません。まずは、自分のまわりの人に、もっとやさしくすることから始めてみませんか？　観音様になったつもりで……といっても、観音様のように大きなことをするのではなく、無理なく自分にできる些細《ささい》なやさしさでいいのです。それだけで人が幸せを感じてくれたり、喜んでくれます。

命は続く

私たちは、将来どころか明日のことが判りません。だったら今日を「やさしいあなた」ですごせるようにしませんか？　さらに笑顔をプラスしたら、もっといい日になります。過去は悔《く》やんでも変えられません。今が大切なのです。

ところで、人は誰もが生まれる場所や親、生まれる日も判らずに生まれてきます。同じように命の幕をどこでいつどのように閉じるのか、自殺以外は誰にも判りません。

「いい人なのに短くしか生きられなかった」とか、「あんなに人に迷惑ばかりかけてるのに人一倍長生きしてる」とか、人は人の命について、勝手にいろいろと言います。「不公平すぎる」と、短かった命に号泣《ごうきゅう》することもあります。

でも仏教で捉えてみると、輪廻転生《りんねてんしょう》、命は続いているのです。体のほうは老いや故障など、生まれたときから一緒に歩んできた肉体とのお別れが必ず来ます。でも、その人が生まれる前から魂《たましい》（命）は存在し、その人が亡くなったあとも魂は続くのです。自分が死んだらおしまいではありません。私たちはひとりひとり、命と歴史をつなげる重要な役割を果たしているので、「いらない人」は、この世にひとりも存在しません。

遍路も同じです。鎌倉時代にお遍路が歩いた道を今、私たち遍路が歩いています。明日は、後輩お遍路が、その道を歩きます。道は歩かなければ草が生《は》え、消えてしまいます。お遍路は、人と道と、そして遍路の歴史をつなげているのです。

命も同じです。「土に還《かえ》る」と言います。芽が出て花を咲かせ、散って、種が土に還っていって、また芽を出します。こうして命が受け継がれ、つながっているので、亡くなった人に対して、お参りを捧げてください。

宗教や信心することの種類や宗派は、あなた自身で選んでください。あなたのやり方で、心からお参りをしてください。心でお参りすることが、肉体と離れた命にできる一番のやさしさなのです。肉体から離れた命が、先立たれ、会いたかった人に笑顔で再会できますように……。

仏教にはいろいろなお経があるので、お参りのとき、どのお経を上げたらいいの？　と迷う人もいます。まずは「心」と私は思います。

そのときそのとき、ふさわしいお経はいろいろありますが、心を込めて上げることが一番です。心がこもっていれば、うまい下手《へた》は関係ありません。

悲しすぎていつまでもお骨を自分のそばに置いている人もいます。ずっとずっと泣いていていて何も手につかない人もいます。それでは亡くなった人が心配しちゃって、ちっとも楽になれません。とはいえ、焦《あせ》らず時間をかけていいんです。

悲しくて悲しくて淋しくて淋しくて辛いけれども、笑顔を向けられるよう、いつかは大切なその人の死を受け入れてあげてください。残された人が笑顔でしっかりと生きることで、亡くなった人が安心し、穏《おだ》やかな境地に至れるのです。

第四章

ときには「私は私」を通す

流行にふり回されないで取り入れる

次々流行を追いかけて

流行のファッションを追いかけることが、大好きでした。その流行アイテムの色を揃《そろ》えるため、一足のパンプスを探しまわり、それでも見つからなければ、アメリカにいる友人にまで探してもらったりしたこともあります。まだインターネットのない時代ですから、足で探すしかありません。

アメリカングラフィティ（フィフティーズ）ファッションが原宿で流行したとき、黒にゴールド襟《えり》のボウリングシャツが、どうしても見つからず、ゴールドの布を買ってきて、襟に自分で縫いつけたこともありました。

そのかいあってか、大学時代、表参道（原宿）を歩いていたときに写真を撮られ、女性週刊誌のファッションページで褒《ほ》められたのは、とても嬉《うれ》しかったです。

テレビに出演するようになってからは、そのブランドの新作をいち早く着たくて、予約をして手に入れ、着ていました。

私は、性格が地味で口下手《くちべた》なので、見かけを華《はな》やかにしていたかったのです。本当は、赤やピンクやオレンジなどの暖色系の色より寒色系の青や緑のほうが、私の肌には合っていると知っています。でも、あえて赤やオレンジの華やかでパワフルな色のスーツを着て、私の暗めの心を引きあげてもらいたかったのです。

流行の服を着てパワフルに見せ、同じ番組に出演している人たちに埋もれないように……。でもＣＭの最中に、他の出演者から、

「まだ、そんなの着ているの？」

とチクリと言われたり、

「それ、変」

と皮肉顔で笑われたりするわけです。私から笑顔を奪おうとする人は、いっぱいいます。

「これ、○○の新作なんですけど……」

「これ、今、すごく流行《はや》ってるんですけど」

大体はこう答えるのですが、

「あら！　見えないよねぇ」

と切り捨てられて終わり。ＣＭの時間も終わりで、出演者は何事もなかったように、テレビ用の笑顔を見せています。

そのうちに、流行や新作を追うことに息切れしてきました。と同時に、流行が去ったあと

に残った服やモノが、家の中でどんなに淋しい思いをしているか……ということも知りました。

着てあげたいけど、私も皆も、次の流行を追っています。でも、次の流行もまた長くは続きません。大好きなスーツだったのに、もう着る機会がなく、私の衣装部屋に溜《た》まっていくばかりです。

着られなくても、衣装部屋でハンガーにかけられている華やかなスーツたちがいてくれるだけでも、時々、眺めれば満たされたものです。でも、そのスーツの数が増えてくると、（無理して買ったのに）とか、（一度着たら覚えられちゃって、使いまわしできないから高くついたな）とか、後悔まで生まれてきちゃいました。

比べることをやめて楽になる

さんざん流行を追いかけ、散財して、ようやく気がつきました。

スーツだって、「私は私。私らしく」着てもらいたいのです。そして私の体も「私は私。私らしい着こなし」で彩《いろど》ってもらいたがっています。

流行を否定しているのではありません。流行は、やっぱり好きです。だから取り入れたらいいのです。流行を追いかけるよりも、流行を自分で選択して取り入れるようにしたら、流行にふり回されません。

皆と一緒でないと不安になるのは、まだまだ「お子様」だからです。

そこで私は、私らしい着こなしを考えました。明るい服に、暗い気持ちを引きあげてもらいたいという気持ちは変わらないので、水商売のお姉さん方が着るスーツに自分で手を加えてできるだけシンプルにして、落ちつきのあるビジネス用スーツに変えてみました。

私だけのスーツです。他の人とかぶりません。家の中で展示物になってしまっていたスーツたちの何着かは、布地がとてもいいので、リフォーム屋さんの技術を借りて、流行にとらわれないスーツに替えました。私らしいスーツを着て歩くことのたのしいこと！

心細くて不安だったから流行を追いかけ、流行の先端を行く原宿や渋谷、銀座の街を堂々と歩くことで安心をもらっていたのです。でも「私らしさ」を考えるようになったら、まわりの目が気にならなくなります。「私は私」。比べられる対象がなくなったからです。

比較をすると、比較した人の心に苦しみが生まれます。比べられたものや人は、まったく苦しくありません。比べることによって、たとえ自分のほうが勝《まさ》っていると思えても、決して平穏《へいおん》ではありません。次の人と、また比べなくてはいけなくなるからです。

比べることをやめるのは、大変なことです。簡単にはできません。でも比べることをやめたら楽《らく》になれます。「私は私でいいの」と思えたら、あとは「私の生き方」を尊重していくだけです。誰に何を言われても、凛《りん》として大人でいられます。

比べることは、煩悩《ぼんのう》の一つですから、なかなかやめられません。

「やめるには、どうしたらいいの？」

とよく聞かれますが、心の中まで入っていくことはできないので、その人その人の心の中で、その人なりの方法で比べることをやめる努力をしてもらうしかありません。

煩悩の一つではあっても、「比較する」ということをすべてなくしてしまう必要はありません。煩悩はときに、あるだけで励みになります。頑張ろうというエネルギー源にもなるので、少しは残しておいたほうがいいと思います。

「流行の○○のようにしたい」「今、流行っている○○をやってみたい！」といったいい煩悩（願望や希望）は、捨てる必要はありません。ただ、流行にふり回されるまで比較をしないように……。そこは自分の心のコントロール次第です。

「私らしく」と、常に心の中で思えば、「ここまで」という境界線はおのずと引かれていきます。

自分で選んだ道を堂々と

ご縁を捜して

結婚をしない男性が増えてきました。結婚をすると、特に男性のほうに経済的負担がかかります。今は働く妻も多いので、すべて男性に負担がかかるわけではありませんが、結婚するとシングルのときより自分の自由になる時間とお金が減ります。

また、今は趣味や勉強などやりたいことをやれているけれども、それにお金がかかり、自分ひとり、なんとか生活していくのが精一杯という男性もいます。

女性にも同じようなことが言えると思います。やっと責任のある仕事をまかされたところで結婚、出産となると、今の部署にいられなくなるかもしれないし、フルタイムの仕事に復帰できないかもしれません。家族が増えれば、やっぱり自分の時間も、自由になるお金も減ってしまいます。

五〇歳まで一度も結婚をしたことのない人の割合を示す「生涯未婚率」は、昭和四五年（一九七〇年）には男性が一・七％、女性が三・三％だったのに比べ、平成二七年は男性が二三・三七％、女性が一四・〇六％と大幅に増加しています（厚生労働省の国立社会保障・人口問題研究所）。

でも、そのマイナス部分をはるかに超えるくらい結婚はステキなことです。人の結婚式へ参加すると特に（結婚っていいなぁ……）って気持ちが盛りあがります。だから結婚もしたいけれど、やりたいこともいっぱいあって……と迷っている女性も少なくありません。それでまず「二〇代のうちにやりたいこと」を優先的にやって、それを終えてから結婚したいと思っていたら三〇代、四〇代になっていたという女性も増えています。

「さぁ、やりたいことをいっぱいやれたから、次は結婚」

と目標を立てても、「これからヨガを習おう」「スイミングクラブに通おう」など、お稽古《けいこ》ごとや趣味と違って、すぐに相手が見つかるかどうか……。

アンテナを常に立ててご縁《えん》を捜しているうちに、どんどん年月が経っていきます。しかも年が増えるだけでなく、時とともに自分自身が成長していくので、目も頭も肥《こ》えてしまいます。結婚相手に求めるものも年ごとに高くなっていくのです。

二〇歳前後の「好き」という感情だけで突っ走れる結婚と違って、年齢とともに条件が増えていって、好きだけで夢中になれなくなっている自分に気づきます。容姿だけでなく、収入や職業、相手の親のことや、住む場所、性格など条件が年齢とともに増えているのです。

年齢が高くなるほど条件が低くなるのでは？　と私は思っていましたが、熟年婚活エージェントさんに取材すると、条件も年齢とともに高くなっていくのが一般的だそうです。

自分で決めたことなら何を言われてもこたえない

条件の中で特に大切にされているのが価値観だと思います。結婚しても仕事が続けられるかどうか、家事や育児を手伝ってもらえるのか、相手の仕事は将来有望か、賭けごとをしたりお金にだらしなくないか、二人だけの生活を保ちたいか……など、それぞれ違いますが、自分の持つこだわりを妥協したり諦《あきら》めてまで結婚をしたくないと考える女性が増えています。

結婚もやりたいことの中の一つ。お互いの生活や考え、仕事などを尊重し合える結婚生活でなければ、ひとりでいたほうがいい。そう考える女性が増えてきて、結婚年齢も上がってきているのだろうと思います。

これまで他人だった人と一緒に暮らし、人生をともにするわけです。結婚によって、犠牲にすることが増えないよう、価値観の合うご縁を求めたいのは当然です。

でも、結婚しないという選択もあります。籍を入れない結婚という選択もあります。また週末婚や別居婚もあります。結婚が義務づけられているわけではないので、ひとりで生きるのも、家庭を持つのも、生き方として尊重されるのが、これからの時代です。どう生きるか、人に左右されず自分で決めて歩んでいくことができます。

親が決めた相手と初めて会ったのが結婚式の日なんてことも昔はありましたが、今では考えられません。少し前の時代は、二〇代前半で結婚をしないと「売れ残り」などと陰口を言われ、ご近所や親戚縁者の手前、お見合い結婚をさせられたりしました。かつて拙著『代議士の妻たち』(文藝春秋)の取材で出会った代議士夫人の中には、

「家同士の結婚で、親に決められてしまったから、愛情とか、そういうものはないですよ」などと語った夫人たちもいらっしゃいました。そういう本音《ほんね》は、票が減るからと、原稿チェックのときに削られてしまい、『代議士の妻たち』の本に載《の》せてはいませんが。

今は結婚するもしないも、決めるのは自分自身です。結婚しないと会社の同僚に、何だかんだ悪口や皮肉を言われたりしてイヤな思いをすることがあるかもしれません。また同級生の結婚式に列席したとき、他の出席者たちが誇《ほこ》らしげに「ウチの主人が」「ウチの子は」と喋《しゃべ》っているのを耳にし、会話の中に入っていきたくなくなるかもしれません。

「どうして結婚しないの?」「まだ結婚していないの?」と、興味を持って言われるでしょうけれど、それはそのうち耳のほうが慣れてくれます。自分で選択して決めたことなら、まわりにとやかく言われても、何にも心にこたえません。いつか、自分の人生を自分で決め、

その道をしっかり歩んでいるあなたのことを羨《うらや》ましく思う既婚者たちも出てきます。

結婚する人生、シングルで生きる人生

恋人がいないとか、シングルであることを淋しいと思ったり、恥《は》ずかしいといった負い目を感じてさえいなければ、「私は私」と、自分らしい人生をこのまま歩んでいけるのです。すべて自分の心のとらえ方次第です。

結婚もそうです。淋しいから結婚でもするか……とか、人にいろいろ言われるからお見合いしようかなど、仕方なく婚活をしている間は、どんなに焦《あせ》って捜しても、いいご縁なんかやってきません。

シングルで生きると思っていた人も、途中で結婚したくなり、結婚を生活設計に入れることがあるかもしれません。これもまた自分の選択です。

いつでも婚活はできます。何歳になったから結婚はできないなんて年齢制限はありません。今は四〇代以上の婚活のほうが、二〇代の人たちより盛んな時代です。八〇代の女性まで、おしゃれして婚活パーティに参加されています。結婚するしない、いずれにしてもまずは自分の生き方について前向きになることです。

ただ、熟年の婚活では、男性と女性と、求めることが少々違っているようです。取材を進

めていくと、女性は旅行をしたり、お茶を飲んだり、一緒に何かをしてたのしい時間をすごしたいと望む人が多いですが、男性の場合、将来、介護もしてほしいという気持ちも少々あって婚活をしている人も多いと判ってきました。

年齢が上がっていくと、財産とか介護、相続など、いろいろめんどうくさいことも介入してくるようです。でも結婚は相手のいることなので、お互いさまですよね。それがイヤならオリジナルシングルライフを通したらいいのです。

結婚する人生もあり、シングルで行く人生もあり、人それぞれです。たとえ妥協や親のためなどで仕方なく結婚の道を選んだとしても、いいご縁でしたら、一緒に生活をしているうちに愛情も湧《わ》いてくるものです。たとえ妥協結婚でも、これまたいい選択の一つだと思います。

「結婚する」「しない」は、とかく人と比較されやすいテーマですが、人と比べると決意が揺らいだり、辛《つら》くなったりすることがあります。比較をして苦しくなるのは自分だけで、比較された人は少しも辛くありません。

比較をすることをやめる努力をすれば、まわりの言葉に惑わされたり、ふり回されたりすることなく「私は私」と、自分の選んだ道を堂々と力強く、そしてたのしく晴れやかに歩んでいくことができます。

「大人の恋」なら不倫も否定しない

忘れてはいけない二つのこと

今や芸能界では、不倫していると、雑誌やテレビなどマスコミに狙《ねら》われ、表に出されて容赦なく謝罪をさせられてしまいます。しかもマスコミの求める不倫レベルは、「やったか、やらないか」。決して不倫を肯定するわけではありませんが、不倫って、「一線を越えたか越えないか」だけで判断されてしまうものではないと思います。不倫はたしかにやってはいけないこと。でも今は、ばれると社会的制裁も受ける時代になってしまいました。

かつては、携帯電話がなかったので、一般人に写真を撮られるということはめったになく、芸能界に限らず、社内不倫や、ＰＴＡ不倫、同窓会不倫、出会い系不倫など、「秘めたる恋」をばれずに長く続けることができました。

不倫は、「恋」と考えれば、とってもたのしいと思います。だって、生活費のこととか、子どもの進学のこと、親の介護など、めんどうくさいことは考えなくてよく、恋の「いい所《とこ》取り」できるんですから。

拙著『不倫のルール』『「妻のいる男《ひと》」の愛し方』に書いていますが、独身時代に行ったようなレストランやカフェに行って、お互い見つめ合って恋心を語り合うなんて、ドラマみたいでステキですよね。それ以前に、カップルが集まるような場所で待ち合わせをすること自体、既婚者には新鮮で、ドキドキするくらいとてもとてもたのしいと思います。

おしゃれをしたら褒めてもらえるし、男性も「かっこいい」「ステキ」と、久しく忘れていた言葉をかけてもらえたり、街で歩きながら、そっと手をつないだり……。「月がきれい」とメールで知らせ離れた二ヵ所で月を見上げあったり、「雨が降ってきた」「電車に乗り遅れた」と、些細《ささい》なことでもいちいち相手に知らせて、たのしい電話やＬＩＮＥを頻繁《ひんぱん》にやりとりしたり……。

妻や夫には長い間していなかったような些細な話題でも喜んだり、悲しんだり、おもしろがったり……。まさに「恋」は、女性として（男性として）生き返ったくらい、人の心や体に活力を与えてくれます。さらに、ちょっと淋しさも感じさせてくれて、恋は二人の心をデリケートにします。

でも、忘れてはいけないことが、二つあります。一つは、嘘《うそ》をついて裏切っている人が身近にいるということ。もう一つは、不倫相手に執着したとき、ものすごく辛い恋に変わってしまうということです。

執着心が出てきたら

「女房とはうまくいっていないんだ」という男性の強いアプローチから始まったとしても、「いつ奥さんと離婚してくれるの？」と思うようになったときから、たのしかった恋に、苦しみが生まれてきます。

この苦しみの原因は、執着という煩悩です。恋の始まりの頃、心待ちにして一喜一憂していた相手からの連絡や次に逢える日までを、今度はネガティブな気持ちで待つようになります。

相手の挙動や言葉、視線の動きさえ気になって、連絡回数が少し減っただけで、「愛が冷めたのでは？」と勘《かん》ぐったりして、また辛くなります。

「不倫だって、私は真剣に愛しているの」

「私たちは、ただ、出逢うのが遅かっただけ」

と言う不倫恋愛中の人たちが多くいます。離婚をして、結婚する不倫カップルもいますし、今、離婚件数はとても多くなったので、「不倫の恋は実らない」とは一概に言えません。でももし、不倫をしていて辛くなってきたら……その恋愛に執着していませんか？

「ここまで頑張ってきたんだから、今さら別れられない」「奥さんと離婚すると言われたんだから、彼を信じたい」

相手との不倫愛に執着しすぎて、冷静に相手のこともまわりも、自分のことさえも見えなくなっているのかもしれません。不倫がたのしくなくなったら、それは執着している証拠です。

不倫の始まった頃は、加算式で「メールの誘いが来た」でプラス一点、「〇〇で待ち合わせすることになった」でプラス一点、「手をつなげた」でプラス一点と、加算ばかりだったと思います。執着しはじめたら、プラスできることが少なくなってきて、いつの間にか、加算式で一〇〇点以上だった得点から、「返信が遅い」でマイナス一点、「食事する所が安くなった」でマイナス一点……といった具合に引き算方式になっていきます。

そうなると、もうたのしくありません。そして、これから先のことに対して脅《おび》えるようになっていきます。彼（相手）を信じる、信じないではなく、すでに「執着」しているのです。

執着を始めたら不倫は、辛く苦しく悲しくなります。怖がらないで、しっかりと現実を見つめてください。相手の心の中を恐れず見つめて、真実を捉えるのです。真実が判ったら、あとは自分の選択です。ここでやめるか、たとえもっとドロドロ地獄の果ての苦しみがやって来ようとも、とことん不倫につきあうか……。

今さら別れたら、友達に言ってしまった手前、恥ずかしいとか、頑張った私の時間を取り返せないとか、人から見たら大したことのないプライドは捨てて、思い切って選択をしてください。自分で選択したのなら、ドロドロの不倫沼に浸っていっても他人の目は気になりません。

人生の二択

執着を捨てるのは、本当に勇気が要《い》ります。不倫ではありませんでしたが、私も、三度目の結婚をする前、引き算方式で零点近くまで元夫への評価が下がっていると判っていました。「今なら間に合う」と毎日のように「別れる？」と自分に尋《たず》ねるのですが、「私の二年間が無駄になる」とケチな気持ちから、結婚まで至ることに執着してしまいました。それと、「結婚したら相手が変わってくれる」という浅はかな希望もあったのです。

それから離婚まで、もっともっと苦しい五年間をすごすとは知らずに……。無駄になってしまう二年間に執着しなければ、合計七年間を犠牲にすることはなかったのです。

「覚悟する」とは、仏教用語で、さとりを開いて真実が判ることをいいます。覚悟して執着を捨てたら、本当のことが見えてきます。怖がらずに見えてきたものを見つめてみると、本当に大切なものが見えてきます。

不倫から結婚へ発展することもありますから、不倫は否定しません。たのしい恋で終われば、否定できません。でも、苦しくなったり、将来に脅えるようになったら、それは愛でなく執着だったと気づいてください。

それから先は、自分の選択です。たった二択です。

その選択は、いずれにしてもたのしい選択ではありませんが、自分で決めることです。自分で選択し、執着から解き放たれれば、少なくとも今の苦しみからは抜け出せます。それから先の第一歩は、あなただけのものです。

離婚に直面したとき

本当はどうしたい？

先日、知人女性が、地方銀行員と数年の不倫恋愛ののち、結婚しました。その銀行員は離婚後すぐ知人と再婚しました。今は、銀行員でも不倫や離婚、再婚もできるのですね。

かつては、離婚をすると信用や信頼を失うからと言われ、離婚をしたくても我慢する夫婦がとても多かったのです。離婚率は昭和三五年（一九六〇年）で〇・七四％。今は一・七三％（二〇一六年厚生労働省）と、とても増えています。結婚式に参加したのにすぐ離婚なんて……と思うこと度々《たびたび》です。

離婚が多くなったからといって、イヤなことがあればすぐに離婚しちゃえというわけにはいきません。子どものこと、仕事のこと、住居や財産のこと、生活のこと、今後のことなど、いろいろと相手と話し合い、解決しなくてはいけないことがあり、結婚するより離婚のほうが随分《ずいぶん》大変そうです。離婚の数の多い私も、結婚の何倍ものエネルギーを使うと、経験から思っています。

そのせいでしょうか、私はよく離婚の相談を受けます。愛人のところに入り浸りだから離婚したい、生活費を入れてくれない、仕事に就《つ》いてくれない、暴力を振るう、借金をつくってばかり、性の不一致、好きな人ができた、愛情がなくなった、自由になりたい……離婚したい理由をいろいろと言われます。

でもそれらが、私には愚痴《ぐち》に聞こえる場合もあります。

そういうとき、私は時間をいっぱい費やして話を聞かせてもらうようにしています。彼女の「本当はどうしたいの?」を見つけるためにです。

○○だし、○○だから離婚したい。離婚もしたいし、○○もしたい……。

愚痴のような話でも、長く聞いていると、吐き出したことによってすっきりしたのか、そのうち彼女の頭の中が整理されていくんです。

最後には「まだ夫のこと愛していたのね」「生活費のために、やっぱり我慢する」など、本当は離婚したくない自分に気づいたという人も少なくありません。決めるのは自分ですが、まずは人に聞いてもらったら、自分の頭の中がよく整理できるかもしれません。聞いてもらえる相手がいなかったら、自分に問いかけしたり、書き留めてみるのも、頭を整理できるいい方法だと思います。

それでも離婚したいですか? 何度も考え、自分をよく見つめてみてください。

「離婚は大変」の実態

離婚を進めていく途中で（やっぱり離婚をやめたい）と思い直しても、そのときはすでに遅く、夫が離婚する決心をしてしまい、戻れなくなるかもしれません。

中途半端な気持ちや迷いがあったら離婚はできません。

「離婚は大変よ。離婚は結婚するより相当なエネルギーを使うし」

と離婚先輩たちが言うくらい、やっぱり大変なのです。それゆえ「離婚する！」という揺《ゆ》るぎない目標を持っていなければ、簡単には前へ進められないと思います。

私が離婚した頃は、

「離婚を繰り返すなんて、とんでもない女だ」

と男性からよく非難されましたが、そういうことを言われない時代が来ました。だからまわりがどう思うかとか体裁など、余分な気まで回さなくてよく、自分中心で結論を出せばいいのです。

確かに離婚を繰り返すと、次の結婚相手が、（大丈夫かな？）と不安を抱く可能性もないわけではありませんが、昨年、婚活パーティの取材をしたとき、とても多くの離婚経験者が新しい人生を求めて参加していました。

離婚は、離婚後よりも、離婚するまでが本当に大変です。イヤなことを言わなくてはいけないし、めんどうなこともあれこれしないといけません。でも、離婚が成立したら、その日から、毎日があなただけのものです。

男性は離婚後、引きずる人が多いといわれます。また、離婚した女性を色眼鏡で見たり、「淋しいに違いない」と、からかったりする男性がいますが、そういう心の貧しい人は放っておいたらいいのです。

女性はイジイジしないで、とかく前を向くものです。離婚をした人がまわりにいたら、観察してみてください。離婚を引きずって暗くなってはいないと思います。女性は現実的ですから、前を向いて頑張ろうとしているはずです。

縁あって出逢い、愛し合って結婚生活を送り最後まで一緒にいられることが、結婚をした以上、一番のことと思います。でも、たとえ離婚をすることになったとしても、それはマイナスなことではありません。自分で決めて行動した経験は、何ごとも糧《かて》となり前向きにつながっていくのです。

「次の人生」にステップアップするためにある

離婚までには、きっと苦しい日々をすごしてきたことと思います。苦しみや煩《わずら》わしさに潰《つぶ》されそうになりながらも、一生懸命頑張ってきたはずです。それらがマイナスになるわけがありません。

それまでは自分の時間も心も、その大変なことに使わなければいけなかったのですが、離婚が成立したその瞬間から、自由になれるのです。一分一秒すべて自分のものです。自分のために使え、その一分一秒すべての時間をプラスプラスで積み重ねていけるのです。

住居から相手が出ていけば、家の中が広く感じられるかもしれません。自分が出ていった場合は、ひとりを痛感するかもしれません。でも次の人生に向けて、いろいろやらなくてはいけないことが山積みなので、毎日がとても忙しいのです。それは、煩わしい忙しさでなく、嬉しくてたのしい、実になる忙しさです。

離婚は経験してみないと判らないので、恐れや迷いを抱えて当然です。でも一生懸命考えて決心をし、大変なことも乗り越え目的に達したとき、きっと満足感を得られると思います。「目的」は人それぞれいろいろあると思いますが、離婚もその中の一つです。

離婚とは、次のあなたの人生をステップアップするためのものです。「次の人生」と称するに値するくらい離婚は大きな出来事です。くれぐれも慎重に、時間を十分にかけ、自分で選択し決意をしてください。でなければ、離婚までの「イバラの道」も、離婚後の自分の人生も、しっかり歩んでいくことができません。

ひとり外食をたのしむ

私のひとり外食歴

私は、原稿を書く場所に「食」という匂いのする生活を持ちこみたくなくて、食事は果物以外すべて外食です。キッチンにあるＩＨ調理器はネコが乗るので電源も切って、テーブル代わりに物をたくさん載せています。

ひとりで食事をすることが流行る前から私はずっとひとり外食をしています。お互いの仕事のために週二回くらいしか会えない夫と食事をするのは、とてもたのしいのですが、ひとりで食事をするのも、私にはたのしい時間なのです。

私はひとり食事のとき、「ながら」でないと食事をするのに飽きてしまいます。子どもの頃から、ながら食事、ながら勉強、ながらジョギング……など、「ながら」好きは変わっていません。じっとしていることが嫌いなので、ひとりで食事している間も忙しくしていたい困った性格です。

私にとってひとり食事の時間は、大好きなミステリーものの小説を読む時間です。テーブルの上で邪魔にならない文庫本を置いて、読みながら食べる。マナーは悪いですが、これが食事のたのしみなのです。

アメリカ軍人だった元夫と、かつてアメリカで結婚生活をしていた頃、仕事のために数ヵ月に一回は二週間くらい東京にある米軍のホテルに滞在していました。

私のような立場の妻は他にいず、インターナショナルな人でいっぱいのホテル内を見渡せば、ほとんどが家族連れ旅行か、転勤のための移動中で宿泊している米軍人たちです。皆、とてもたのしそうなので、ホテル内のレストランでひとり食事をする気になれず、ホテルの外へ出て食事をしていました。そこは東京のド真ん中でした。そのときに、これまでのひとり食事に加えてひとり焼肉やひとりお好み焼き、ひとりピザまで覚えました。

店内に入ると、大体、

「おひとりですか？」

と、ちょっと引き気味に聞かれます。でもこちらからメニューの内容を質問したり、興味のある様子を見せるうち、注文《オーダー》をする頃には、相手のほうが先に慣れてくれます。そこから先は、いつものように文庫本を読みながら、マイペースです。

私はアルコールアレルギーで、お酒はタブーです。飲む所へは人と一緒でないと行かれませんが、お酒の好きな女性が、ホテルのバーでひとり飲んでいたり、都心のガード下の「立ち呑みバー」で、男性客に混じってひとりで飲む話を聞くと、（なんて大人の女性！）と、かっこよさに憧《あこが》れます。

スーツを着て、パンプスを履《は》いて、カウンターでカクテルを飲み、目の前には高層ビルの夜景が広がっていて……ステキな絵になります。でもオドオドとそれをやっていたら、かえってかっこ悪いです。開き直って、かっこつけるお芝居が堂々とできる女性が大人です。そのうち、お芝居でなく自然にふるまえるようになります。

食事くらいは自由に

ひとりで食事に行って、やたらとお店の人に話しかけ喋りまくっている女性がいますが、まわりに常連だと知らせて優越感に浸りたいのか、話を聞いてほしいのか、それにしても「淋しそう」に見えて仕方ありません。美容院に行って、日頃のうっぷんすべてを吐き出して喋りまくっていく「おばちゃん」みたいです。

喋りまくりや、暇つぶしに外食に行くのではなく、ひとり外食は、あくまでも自分の時間づくりの一つだと思います。ひとり外食の場合、自分の食事のできる時間帯と、許されている食事時間、そして自分が行ける距離や町で、今着ているものとの相性も考えながら、今日食べたいものを自分で選んでいくことができます。

複数の人との食事はもちろんたのしいですが、相手の好みにも合わせないといけなくて、十分楽しめないこともあります。また、大皿に最後に残った一個を誰かが手をつけるまで、そのままにしたほうがいいのか、お店の人が下げやすいように食べてしまったほうがいいのか、でもそれをやると非難する人もいて、どうすればいいか神経をつかいます。

それに支払いは、私が払ったほうがいいのか割り勘か。割り勘の場合、（皆はいっぱいお酒を飲んでいるけれど私は、お店の無料のお茶。割り勘は損だわ）と細かいことまで思ったり、余計な気をいっぱいつかってしまいます。

さらに困ったことに私は、二〇年前から行《ぎょう》のために肉断ち、ネギ断ち、ニンニク断ち、そしてアレルギーなのでアルコールと乳製品断ちをしています。

私の場合は好き嫌いではないのですが、同席している人に、「肉は食べたほうがいい」とか「なんて好き嫌いの多い！」など、よく言われます。これをやられてしまうと気分が落ちこむので、よく知っている人以外とはできるだけ食事をご一緒しないようにしています。

週に最低六回の食事はヴィーガン（オーガニック菜食）なのですが、菜食はまだまだポピュラーではなく、時々変人扱いされてしまいます。まわりに過剰に気をつかうことになるのなら、せめて衣食住くらいは、私の自由にさせてほしいと、食事はひとり外食をたのしんでいます。

人からとやかく言われ慣れているので、私の知人たちで大変偏《かたよ》った食事をする方々と食事会をするときは、人の嗜好《しこう》について絶対に私は言いません。

とかく自分のことを棚に上げて、「そんな食生活してたら病気になる」とか、「皆が食べるものを食べないと、誘われなくなるよ」とか、いろいろ世話をやく人がいるものですが、大人は、その人の嗜好を含めてその人を尊重するので、その人のしたいようにさせてあげて、余分なことは言わないものです。

料理を完食しないと、とやかく言う人も多いですが、実は摂食障害のある人や、体の調子が悪い人、仕事のバッティングで一日二回の夕食会をかけ持ちしないといけない人など、いろいろ大人には事情があります。それを本人が皆に言ってもよし、言わなくても大人はお節介をやいたり責めたりしません。

お店の人に、料理を残したことを一言謝《あやま》れば、それ以上、人はとやかく言う必要はないと思うのです。

大人のひとり外食のコツ

かつて、とても恋にはまっていたとき、大好きなひとり外食が辛くなってしまいました。恋をすると、ひとりが淋しくなります。恋をすると、その人しか見えなくなってしまいます。

だから愛《いと》しい人に会えない日の夕食をどうしてすごしたらいいの？　と、切実に考えてしまっていた時期もありました。恋をすると、かわいくもなるようですね。

淋しいときは、ひとり外食に向きません。淋しいときにお酒をひとりで飲みにいったら、足元を見られてろくな男に捕《つか》まりかねません。「淋しい」と自覚できる時期は無理して外へ出ず、家ですごしてはどうでしょうか？

悪い男や質の悪い人に出会う心配もありません。家にいれば、もっと辛くなって、天井に押し潰されそうな圧迫感がある……と、外へ出たい気持ちも解《わか》りますが、かっこよくなければ、大人のひとり食事には向いていません。

喫茶店やカフェに行くと、店内にひとりぐらいはきまって、ひとりカフェがとてもステキに見える人がいます。けっして「私はここよ」とアピールするのでなく、そのお店の中で、絵のように溶けこんでいる大人の男性や女性です。

ひとりひとり、いろいろなものを背負っていますから、心の中はもしかしたら波が立っているかもしれません。それで外へ心を落ちつけに来たのかもしれません。でもひとり食事ができる大人は、そんなややこしいことを表に一つも出さず、まわりの雰囲気を乱すこともなく、そこに溶けこんで食事をしているステキな人です。だから、はじめてのお店だって入ってすぐになじめるし、新しいお店探しだって、ひとりでできるのです。

これはやってみると、案外簡単なことです。何か事情があって、ひとり外食しなくてはいけなくなったというときは、

（どうしよう……）

と立ち止まってあれこれ考えず（ええぃ！）と、店のドアを開けて入っちゃってください。そのお店が気に入って何度か通っているうちに、今度はお店の方が、あなたの特徴をつかんで笑顔で迎えてくれるようになります。これであなたも大人の外食仲間入りです。

そういうことがどうしてもできない性格の人は、前に人と行ったことのあるお店に、今度はひとりで行ってみるという「初心者コース」から始めてみませんか？　前に一緒に来た人はどうしたとか、今日はなぜひとりなのかなど、とかくひとりでいることの言いわけを初心者は言いたがりますが、そういう回りくどい言いわけは一切要《い》りません。

「あら？　今日はおひとり？」と聞かれたら、「この間いただいたとき、とっても美味《おい》しかったので……」と、自分の気持ちを正直に言ったら、お店の人はもっと歓迎してくれます。

お皿を下げるとき、料理の感想を一言素直に言ってあげてください。ひとりだと十分に感想を言う機会もあります。ひとり食事を純粋にたのしむことが、大人のひとり外食の一番のコツなのです。

ひとり旅の極意

（行こう！）と思ったときから

自分で旅する場所と目的を決め、自分でホテルを予約し、交通スケジュールも自分で立てて、レンタカーの予約をしたり、チケットを購入する……とってもたのしそうですね。

人と一緒に旅をするときは、ホテルを調べて予約をすることが得意な人がホテル担当をしたり、鉄道が大好きな人が交通スケジュールを立ててチケットを購入したり、食べることがひときわ大好きな人が食事の計画を立てたりして役割分担をするので、自分がイヤなことや苦手《にがて》なことはしないですみます。

ところがひとり旅の場合、苦手なことでも何でも自分でやらないと出かけられないのです。はじめて自分でチケットを購入したり、はじめてホテルや旅館にひとりで泊まるとなると、ちょっと緊張をともなうかもしれません。でも一つ無事にできるたび、一つ喜びがアップします。

ひとり旅は（行こう！）と思ったときから始まっています。

私は時刻表を見て交通スケジュールを立てることが大好きです。日本中の新幹線や特急の座席の中でそれぞれ好きな号車の席があり、席番号を熟知しています。

時刻表に載っていない部分はスマホの経路探索を使うことがありますが、ほとんどは時刻表を使って乗り換え電車や安くなる料金のことなどを考えながら、逆算して新幹線や特急の便を組み立てて決めていきます。それがめんどうであればあるほど、たのしさが増すのです。

悲しいことが起こって自分を慰《なぐさ》めるための旅、溜まりに溜まったストレスを減らすための旅、体を休めるための旅、何かを捜しに行く旅、歴史に触れるための旅……ひとりだと、自分でテーマを決め、すぐにでも自分の都合に合わせて旅立つことができます。

ずーっとひとりで海を見ているだけの旅もあります。お寺に咲くアジサイを見てお寺のはしごをする旅もあります。歴史上の好きな人物ゆかりの地を巡《めぐ》る旅など、何でも自分でプロデュースして自分で行きたい所、行ける所へ行って、目的を果たすことができるのです。

誰かが一緒でないと知らない土地へ行けない、ひとりでチケットなんか買えない、どのホテルを選んだらいいか判らない、などと「ない」ばかり連発している人は、まだまだお子様、団体旅行をしていたほうが、無難だし安全です。

大人旅は、何でも自分でできるからこそ、かっこいいし、たのしいのです。たとえ失敗しても自分ひとりだけなので、他の人に迷惑をかけずにすみます。

自分の体と同行二人

これまでの旅が、観光の旅ばかりだったら、今度は自分で旅のテーマを決めてひとり旅をしてみませんか？　自分の知りたいものや観たいもの極《きわ》めたいもの……たとえば歴史、花、川、スウィーツなど、テーマを決めて旅をするとなると、事前の準備や勉強も必要なので、旅に深みが増して、さらにたのしくなります。

昨年、取材で出逢った五〇代の男性は、毎年桜の季節になると、西から東、東から北へと桜の名所の満開を追っかけて旅するそうです。全国の美術館巡りをしている人もいました。

私はというと、お寺の本堂前に置かれている香炉《こうろ》の下で、香炉を一生懸命支えている「邪《じゃ》気《き》払《ばら》い」くんを撮影してお寺を回ることが大好きです。

女性のひとり旅だと、まわりから変に思われるのでは？　ホテルや旅館の予約が取れないのでは？　と心配する人がいますが、前もって予約をしていれば、まったく心配いりません。

人と一緒の旅ですと、自分を見つめたり、自分を側面から眺めたりする機会が持てません。でもひとり旅なら、自分の体と同行二人《どうぎょうににん》（弘法大師《こうぼうだいし》と一緒に巡礼している）。自分のことをふり返ってみたり、先のことを考えてみたり、ひとり旅は、自分を見つめ直す一歩一歩でもあるのです。

私は高知県の室戸《むろと》の海が大好きです。室戸は南海トラフの上に位置するので地震を繰り返し、一二〇〇年前より一二メートル四〇センチほど土地が隆起しているそうです。それで海底だった所が今は歩いてまわれ、ジオパークになっています。

海底にあった巨岩たちに触れたり、海底だった地球の表面に触れてみたり、荒波に心打たれ立ち尽くしていたり……。私は毎朝、室戸の海を想います。室戸の美しい海を想い浮かべながら、パワーをいただいているのです。

苦しいことがあったときは、二十三番札所《ふだしょ》・薬王寺《やくおうじ》さんから丸二日、約七五キロを歩いて室戸の青年大師像が見えてきたときの、あの感動を思い出します。

「大丈夫！　あの七五キロを歩けたんだから。（人生の）この波、乗り越えられる」

と、頑張る勇気をもらって自分を励ますのです。

人と一緒では、そこに佇《たたず》んでいたくても「行くよ」と言われたら、去らなくてはいけないし、行きたいと思う所へ行けなかったり、相手の意見を尊重してあげないといけないことが起こります。それもまたたのしいかもしれませんが、ひとり旅の場合は、自分で自由にプロデュースも演出もできるというたのしみがあります。

大人旅のルール

でも、大人の旅にはルールというものがあります。私は、毎月遍路《へんろ》で四国へ行き、ひとり旅を一二年間しています。またひとり霊山行《れいざんぎょう》も二〇年間繰り返しています。多くの大人の女性旅を見聞きしていますが、人に迷惑をかけてまで大人ひとり旅をするものではありません。峠《とうげ》で日没になるからと、どれだけ止めてもひとりで山に入った女性遍路がいました。初遍路と言っていましたが、山中で日没になったら真っ暗になるということが彼女には理解できていなかったようです。

　私はその日、帰る予定でしたので彼女に付き添うことができません。たまたま境内《けいだい》に男性遍路がいたので、どうしても行きたいなら、この男性《ひと》と山道じゃなくて一般道を行って山越えしてくださいと、男性遍路をひっぱってきて勧めましたが、結局彼女は、一人で山の中に入って行きました。

　とっても淋しい山です。頂上まで行って、山越えをして下りるだけの整備されていない山道です。午後四時すぎに、昼間でも暗い淋しい山にはじめて入っていくのは、山を甘く見すぎています。道に迷って遭難したり、獣や人に襲われたりしたら、助けを呼んで結局は人に迷惑をかけることになります。

　また、富士山登頂をして下山していたとき、終点の新五合目に近い所で、四〇代くらいの中国人男性五人とすれ違いました。その人たちはなんと革靴にワイシャツ一枚の手ぶらで登ってきたのです。

観光バスで来た人たちでしょう。富士山は高度とともに天候や気温がどんどん変わります。どこまで登るつもりだったか判りませんが、登山靴でも滑《すべ》るあの登山道を下りることは、とてもとてもむずかしいのです。革靴なら、滑ってひっくり返り、捻挫《ねんざ》や骨折をするかもしれません。そうして誰かの手を借り、迷惑をかけることになります。やっぱり山をなめています。

女性ひとりで野宿をしたり、車の通る淋しい一般道を夜になってもひとりで歩いていたり、山の危険な場所へ行ってみたり……ルールを破って人のやらないことをやって（すごいでしょ！）と自分で思っていても、誰も見てくれていません。事故やトラブルに巻きこまれたら、今度は見られたくないのに皆に見られてしまいます。

大人のひとり旅は自己責任です。自分の身を自分で守れてこそたのしいひとり旅というものです。せっかくのひとり旅が悲しい思い出に変わらないように、しっかりと情報を集め、スケジュールを立ててください。

ルールさえ守れば、大人ひとり旅は最高にたのしく充実した旅になってくれるはずです。

第五章　幸福は流れてくる

一歩前に出るタイミングを逃さない

早すぎた出版

私は、大事なときに限ってタイミングを逃していて、後悔すること度々《たびたび》です。これまでの人生の中で選択を迫られることが何度かあり、そんなときに限って、のちに（間違った！）という選択をしてしまい、やっぱり後悔すること度々です。タイミングや選択を間違えなかったら、私の人生、もっと山や谷の少ない道に変わっていたと思います。

私のように、「もし○○していたら」なんて欲を出すことが、それこそ要《い》らない煩悩《ぼんのう》であり、心を乱す原因になっているのです。でも、なぜあのときに限って、違う選択をしてしまったのかと、その場に戻りたいと思うことがあります。そのときは特に急に選択を迫られたので、そっちのほうに意識を奪われ緊張して、選択のほうまで十分頭が回らなかったのでしょう。過去は変えられないと、判《わか》ってはいるのですが……。

私は申しあげているように、取材をして事実だけを書いていくというノンフィクションの作品を主に書いていています。小説とは真逆のジャンルです。

私の場合、一つのテーマを決めて取材にかかってから、いつも年単位の時間を費やします。

取材期間は、早くて一年半、遅いと一〇年以上に及びます。人捜しに特に時間がかかるため、複数のテーマを並行して進めていくことになります。とはいえ明日のことだって判らないのに、一〇年後、どんな時代を書くかなんて、まったく想像がつきません。

それでもノンフィクション作家は、自分が知りたいことを自分で取材していくのです。年月をかけて原稿を書き終えたとき、テーマとまったく違う時代に変わってしまっていることもあります。

たとえば『私を抱いてそしてキスして――エイズ患者と過した一年の壮絶記録』は、出版の時期が一年ぐらい早すぎました。日本の世の中が、まだエイズに対し偏見を持っていて、「エイズは怖い」とテレビでも新聞でも雑誌でも言われ、拒否されていたのです。

この作品で大宅《おおや》壮一《そういち》ノンフィクション賞をいただいたとき、受賞した喜びよりも、(これで新聞は、この本のタイトルを紙上に載《の》せないといけなくなる。「エイズ」という文字が、やっと新聞に載る)と、エイズという文字が公になることのほうがずっと嬉《うれ》しかったのです。

出版からそこまでの約一年、世の中のエイズに対する意識は、とても否定的でした。

その後、バスケットボールプレイヤーのマジック・ジョンソンさんが、ＨＩＶ陽性と告白したことにより、日本でのエイズという病気に対する差別や偏見が少しずつ減っていったのです。

「やれ」ってこと？

グッドタイミングと思えることになかなか出逢わない私は、どうしてだろうと考えるようになりました。いろいろと本を読み漁《あさ》るうち、弘法大師《こうぼうだいし》空海《くうかい》の『高野雑筆集《こうやざっぴつしゅう》』に、「風燭滅《ふうしょくき》え易《やす》く、良辰遇《りょうじんあ》い難《がた》し」と書いてあるのを見つけました。

蠟燭《ろうそく》の炎が風で消えないようにするのと同じくらい、よい星巡《めぐ》りに出逢うのはむずかしい、という解釈です。これを見つけたとき、私はホッと肩の力が抜けた気がしました。

タイミングを逃してばかりいるのは、私だけではありませんでした。いいタイミングやチャンスを摑《つか》むことは本当にむずかしいということが判ったのです。一旦タイミングを逃して、さえない巡りに乗っかってしまった以上、何もしないでいたら、さえない星巡りのままです。

この巡りを変えるには、一歩先に出ることです。そうすれば違う星巡りに乗っかることができます。けれども、この一歩前に出るタイミングが、はたして正しい選択なのか、これもまた選択に悩む種でもあります。

いつでも、その星巡りに乗れるように、そして、「ここ！」というチャンスを見極《みきわ》め逃さないように、常にアンテナを伸ばしておく必要があります。（来た！）と思った次は決断力です。転職、転地、転換……何をするのにも、ひとりひとり適齢期というものが違うので、一年後に来るかもしれないし、四〇年後に来るのかもしれません。そのときに行動力がないと、せっかくのチャンスを逃してしまいます。

ところが、自ら行動しなくても、何かの力が後押しをしてくれて、流れにまかせるだけでいいという場合もあります。それは、「やれ」と言われていることなのでしょう。

私には、悩み苦しんでいる人の話を聞いてあげられて、さわやかに帰っていただけるような「ミニ駆け込み寺」をつくりたいという夢があります。そのためには、僧侶資格と、寺院の住職になれる資格も必要でした。高野山真言宗《こうやさんしんごんしゅう》の場合、伝授式や試験のチャンスは、一年に一回しかありません。しかも毎年何月何日と決まっていません。日時が一般に知らされるのは、ほんの何ヵ月前です。

僧侶の資格が得られる伝法灌頂《でんぽうかんじょう》という儀式は、続けて三日間を必要とします。住職試験は、たったの三六五日分の一日です。私の仕事のうち、講演は半年ほど前に決まっていることが多く、高野山の一年に一度の儀式がそこに重なってしまう可能性が大いにあります。

先に決まっている講演をキャンセルすることはできないので、重なれば儀式のほうを来年の何月何日になるか判らない日に延ばさざるを得ません。その来年にまた重なれば、再来年になります。

ところが私の場合、僧侶としての道を歩むための一年に一度の大切な高野山での儀式のたび、その日が空くのです。後に本山《ほんざん》布教師になるための一週間にわたる厳しい講習会も、二回とも空いたのです。こうして何日も続けて空くということは、私のスケジュールでは考えられないことなのに、空くのです。

僧侶としてステップアップしたいと思いながらも、新しいことを学ぶのはとてもむずかしく、めんどうで抵抗もあります。だから私は、スケジュールが合わなければ「やめなさい」ということかなと解釈して、いつも逃げることを考えていました。

ところが、スケジュールがそこだけ空くという考えられないことが起こると、これは「やれ」ってこと？　と逃げられなくなります。それの繰り返しでした。

「し時《どき》」が訪れたとき

作家としては、いつもタイミング悪く仕事をしてきたのに、僧侶のほうは、流れにまかせ乗っかっていったら、道が開けていました。作家と僧侶という二足の草鞋《わらじ》を履《は》いていますが、僧侶の道は作家より二〇年もスタートが遅いという星巡りにはじめからなっていたのかもしれません。

流れにまかせるということも、決して逃げではありません。「し時《どき》」というタイミングがあります。あまり策略を用いず、そのタイミングを素直に摑んでみてはどうでしょうか？

その手でうまく摑めるかどうか、保証はありませんが、それをやりたいと思うならば、たとえ曲がりくねった細い道や、イバラの道が目の前にあったとしても、逃げずにその道を進む勇気を持ってください。

失敗したら？　失敗もまた栄養みたいな貴重な経験です。決してマイナスにはなりません。そして失敗したらおしまいではないのです。生きている限り何度だって、やる気さえあれば挑戦できます。やらないでいたら何も変わりません。逃げて後悔するよりも、やって後悔するほうが成長できると思いませんか？

怖がらないでください。一歩前に出なければ、手に入らないものはいっぱいあります。大人だからこそ、自分で選択したり、自分でタイミングを図ったりもできます。すべて大人の自己責任だからこそ、自分で決めることができるのです。

「し時」が訪れたときは、どんどん道が開けていきます。物事がちっとも進んでいかないうちは、まだ「し時」でないのかもしれません。何かの力が働いて、「今はまだ時期じゃない。やめておいたほうがいい」と教えてくれているのだと思います。

そういうときは、ちょっと立ち止まって、もう一度自分自身を見つめ直してみてください。足止めされる原因は何なのか、考えてみるグッドチャンスをもらったのだと思います。これも貴重なチャンス、タイミングなのです。

ケンカもけっこう

ストレスを吐き出し合う

これまで我慢することや、自分の心の中で処理する方法などを書いてきましたが、だからといって、言いたいことをすべて呑《の》みこめとか、我慢しろ、ケンカをするなとは言っていません。

ケンカもけっこう。ストレスを溜《た》めすぎて大爆発する前に堂々とケンカをしちゃいましょう。友達や夫、恋人、家族の間でケンカができるくらいなら、まだ愛や情が存在している証拠です。まさに「雨降って地固まる」ですよね。ケンカができなくなった、ケンカをする気にもならないという状態は、その人のことが意識からすっかり離れてしまっているので、関係を修復するのはとてもむずかしそうです。

いつもいつもうるさく言うのと違って、「ここ！」というときに、これまで溜まっていたことを暴力なしで言い合うことには、発展があります。ただし、相手が気にしていることを誹謗《ひぼう》したり、人権や命を無視するようなことや、地雷を踏むような絶対に言ってはいけないことを言わなければですが。

ケンカは、自分のほうが正しいと思っていることから始まります。本当に自分のほうがほとんど正しい場合もありますが、ケンカになってしまった以上、自分が無関係ということは絶対にあり得ません。たとえ全部相手が悪いと思っていても、実は自分も原因を招いていたり、種を蒔《ま》いているのです。それが因縁《いんねん》というものです。

ところが、そこのところを受け入れたり認めたりができないので、「自分は間違っていない」「何で解《わか》らないの⁉」と、相手のほうを一方的に責めてしまいます。相手もしかりです。

でも本当は、自分も相手も心の中で、

（私のこと、解ってほしい）

と思いながら、ケンカしているものです。

もっと大きなケンカといえば、戦争です。これは、自分本意の欲望が絡《から》み合って招いた巨大なケンカです。戦争も、どっちもが正しいと主張しても、欲がらみで闘っている以上、どっちも正しいとは言えません。

戦争でなく、ケンカの場合は、ときにはお互いにストレスを吐き出し合うことも大事です。ケンカとなれば、きっと「自分は正しい」を前提に吐き出すのでしょうけど、（本当に私って正しい？）って、自分に問いかけてみることも忘れないでください。

どんなに頭にきていても、相手のことを尊重する気持ちをかけらほどでも心の中に残していなければ、修復できるようないいケンカには展開しません。ケンカ両成敗《りょうせいばい》とも言います。ケンカで心の中を吐き出し合ったあとは、相手のことがもっと理解できて、スッキリするので笑いが生まれます。情がさらに深まることでしょう。だからケンカもときには必要なのです。

別れのためのケンカ

何ごとにも表と裏、いいことと悪いことがあるように、ケンカにも別の一面があります。それは、別れのためのケンカです。

別れたほうがいいと判っているのに、見栄《みえ》や情や金銭的なことなど、いろいろな理由から別れられない男と別れるには、ケンカが使えます。

これまで言いたくても心に溜めこんで我慢してきたこと、怪《あや》しいと思っても失うのが怖くて言えなかったことなどを、一気に全部吐き出してしまう。人権とか、尊厳とか、この際も う、どうでもいいです。いい女でいたいとか、見栄は捨てて、自分が見苦しくなればなるほど相手に効果的です。とにかく唾《つば》と一緒に吐き出して、ののしってしまえば、売り言葉に買い言葉で、相手ももっと汚物のような言葉を吐き出してきます。

そのあまりにひどい言葉で頭にくるので、相手のことが大嫌いになれます。大嫌いになれたら別れるのは簡単です。それまでは（好き）とか（私と別れたら、この人どうなるの？）なんて、余分な情が邪魔して別れるべき人と別れられなかったのですから、あえて嫌いになる方法「ケンカ」を仕掛けたら、一気に先に進めます。

大嫌いになれば未練もなく、その人に戻りたいという情が湧《わ》いたりもしません。もう前を向いて、自分のために歩いていくだけ。一歩一歩すべてがあなたのものです。

でも、全部吐き出した結果、相手が土下座して謝《あやま》ってきたら……？　それは、あなたをこれからも利用するための相手の巧《たく》みな手段です。

ここで（かわいそう）と思ってしまったら、もう別れられません。ここが明暗の分かれ道、あなたの正念場です。

私も二度目に結婚したアメリカ人の夫と離婚の話を電話でしているとき、何度も、ここで「仏心《ほとけごころ》を出してはダメ」と、自分に言い聞かせていました。「もういいわ。すべて忘れるから、やり直しましょう」と私が言ってしまったが最後、一生また苦しみが続くのを解《わか》っていたからです。

情が蘇《よみがえ》ってこないようにするには、徹底的に相手をののしり、ののしられ、けなし、けなされるケンカをして、大嫌いになることです。

相手から去られるより、相手を大嫌いになって自分から去るほうが、ずっとずっと心が楽《らく》です。そのときだけは、（相手も正しいところがあるかも）なんてやさしい気持ちは要りません。一〇〇パーセント自分が正しいと信じてケンカをしてください。

大人の裁量

東京と名古屋と大阪の売れっ子ホストたちを取材していたときのことです。元ナンバーワンホストで名を馳《は》せ、その後、ホストクラブを経営している人に出会いました。

ホストは、複数の女性やお客様とつきあったり、恋人ごっこをしたりして、相手を本気にさせちゃうことがあります。金の切れ目が縁《えん》の切れ目と知っていて去っていく大人の女性なら問題ありませんが、金は切れたけど、愛してくれていると勘違《かんちが》いしている女性との別れ方について、オーナーはこういう指導を後輩ホストたちにすると言っていました。

「相手《おんな》に刺されるようにしろ」と。「女を怒らせ、わざと刺されるようにすれば、それで終わる。怖がっちゃって大して刺せたわけじゃないのに、刺した以上、女は悪いことをしたと思って、必ず去っていく」と。

その男性には、体じゅうにいくつも刺された跡があるそうです。聞いていて、引いてしまうくらい、壮絶な別れの手法でした。これは、特殊なケースです。絶対に真似をしないでくださいね。

きっぱり別れたい相手には、派手な「ケンカ芝居」も通用します。でも今後も関係を大切にしたい相手とは、芝居でなく真剣なケンカをしてください。ケンカをどう利用するかは、大人のあなたの裁量次第です。

口ゲンカでもイヤという人は、無理して慣れないケンカをする必要はありません。ストレスを溜めこむ前に、あなたらしく冷静に話し合いをすればすむことです。

修復のための情のあるケンカは、ときにはいいものです。あとで笑い合うときの相手の顔がたまらなく愛《いと》しくなります。

笑顔は笑顔を呼ぶ

笑顔の筋肉づくり

ホテルマン（ウーマン）やキャビンアテンダントなど、サービスを売る職業の中には、笑顔づくりのトレーニングをする会社があります。

私がよく行くいくつかのホテルのレストランでは、働いている人々が、いつもとても温《あたた》かい笑顔を見せてくれます。だからまた行きたくなるのです。

新人の場合、きれいな笑顔を見せたあと、怖いくらいにサッと笑顔を失《な》くす人がいます。電車で見送られた人の顔から、相手が見えなくなった瞬間、笑みが消えるのを見た経験はありませんか？

つくり笑顔と、地の顔との差がありすぎて、ゾッとしてしまうことがあります。まだ常に笑顔になりやすい顔になっていないのでしょう。つくり笑顔だから、きっと筋肉が疲れているのです。歯科での治療中、口を開けていると、慣れないのですぐ口のまわりの筋肉が疲れてくるのと同じようなものではないでしょうか？

笑顔が美しい人は、笑みを見せたあとの後ろ姿でも微笑んでいます。笑みを向けられ、その人が去ったあとも、そこに笑みが残っているのです。まるで道を歩いていて、木や花のいい香りに出逢ったときのように。

イヤな香りは、思わず鼻を押さえたり、顔をしかめたりしたくなりますが、いい香りは、残り香が自分の中で続いて、とてもいい気分になります。

キャビンアテンダントや、ホテルで動きまわっている人など、どこでどの角度から人に眺められているか判りません。だから常に穏《おだ》やかな笑みをたたえた表情をし、去ったあとも笑みが残っているのです。この笑顔にどんなに癒《いや》されるかしれません。

笑顔の美しい人は男性でも女性でも、筋肉が笑顔の筋肉に育っています。皺《しわ》も穏やかな笑い皺がつくられています。いつもむずかしい顔をしている人には、むずかしい表情の形に皺ができあがっているのを見たことありますよね？

どんな心持ちで、どんな生活を送ってきたかが正直に顔に出てしまうのだったら、笑顔の筋肉づくりのほうにしませんか？

プラスの波動が伝わる

笑顔を向けられると、向けられたその人も笑顔になります。その笑顔を見て最初に笑顔を向けた人も、温かな幸せな気分になります。プラスの波動が伝わっていくのです。笑顔は、プラスの波動によって、どんどんどんどん広がっていきます。

笑顔を向けるという、こんな小さな簡単なことで皆が明るくいい気分になれるのです。ひとりひとりにとっては小さなことでも、それがまとまれば大きな幸せにつながっていきます。そうしていつかそのプラスの波動が徳となって自分に戻ってきてくれます。その小さないいことを今日からもっとしませんか？

けれども心の中が曇っていると、なかなかきれいな笑顔ができません。俳優さんやタレントさん、モデルさんは、どんなに悲しいことがあってもプロフェッショナルなので、笑う演技ができるのでしょうけれど、お芝居の笑顔は、やっぱりお芝居。お芝居としての美しい笑顔なのです。


いつも心からきれいな笑顔を人に向けるためには、自分の心がいつもいい状態でいる必要があります。でも世の中いいことばかりじゃありません。辛《つら》いことや苦しいことがあって、笑顔どころじゃない……。

ならば今日だけでいいから笑顔にしようと、自分に言ってあげてください。大変なことだと思いますが、今日だけと思って、いつものように皆に笑顔を向けてください。今日、苦しくても頑張って笑顔ですごせたら、前を向けます。明日がやって来たらまた、今日だけでいいから笑顔をしようと新しい目標を立てます。頑張ってまた笑顔になれたら、昨日よりもう少し前向きになっている自分に気づきます。

辛いときに明日のことまでは考えなくていいので、とにかく今日だけと思って一生懸命笑顔をつくってください。その笑顔を見て、人の心が救われていると感じられたら、実は自分が助けられているのです。苦しい中での些細《ささい》な喜びでも見つけることができれば、かすかな光を感じて心が少しだけ明るくなります。

待っているだけでは光は射してきません。今日だけはとにかく笑顔をと心がけることが、大人には大事なことなのです。

あなたの笑顔で、笑顔を向けられた人の心が救われたら、きっともっと人を喜ばせてあげたいという気持ちになれます。大変なことですが、あなたの笑顔は、それくらい大きな価値があります。あなたの笑顔で、ひとりでも多くの人の心をゆるめてあげてください。

誰にでもできる人助け

笑顔のない人は、笑みをつくることに慣れていない人、あるいは、いつも物事を悪いほうにばかり取って、不平不満を抱いている人ではないでしょうか?

うまくいかなかったらグチグチ愚痴《ぐち》ばかりこぼしていないで、じゃあ、どうしたらうまくいくか考えて、行動に移すことが先だと思います。愚痴や悪口を人にこぼして、それでスッキリして明日から頑張ろうという気持ちの切り替えができればまだいいのですが、何事にも不平不満を抱くタイプの人は、明るいほうをなかなか向けません。となれば、笑顔もひっこんでしまいます。

レストランやカフェで愚痴や不平不満を言っている人の顔を見てください。笑顔でなく、口が尖《とが》っていて、眉間《みけん》に皺がよっています。美人でも、きれいに見えません。けっして美人じゃないのに、きれいな人がいます。温かい笑顔のできる人です。

顔はその人の心を表します。温かないい笑顔ができるように、あなたの心の調整をしてください。心の調整？　つまりあなたの心が穏やかになれるようにします。穏やかになれない原因があるのなら、早く見つけて心の曇りを取り除いてあげてください。

苦しかったら、「今日だけは笑顔を」。これを一日一日積み重ねていきましょう。

いい言葉をいっぱい言えば、いい言葉が自分に返ってきます。言霊《ことだま》といって、言葉にも魂《たましい》があります。笑顔もそうです。いい笑顔になれば、いい笑顔が返ってきて、心が温かくなります。

もし、いい笑顔が相手から返ってこなかったら、自分と相手との間にある鏡を今一度見つめ直してください。自分の笑顔の具合を鏡が映し出してくれています。相手からいい笑顔が返ってこなかったのは、相手のせいでなく、もしかしたら自分がいい笑顔ができていなかったからかもしれません。

何をしても笑える一〇代ではないので、笑っていれば何でもいいっていうものでもないし、大声で笑ったらまわりの人が迷惑をします。自然な笑みこそ、人に喜びを与えられるのです。いい笑顔ができたときは、笑顔でいる自分も気持ちがいいと思います。

笑顔に慣れていない人は、過去のたのしかったことや、思わず笑ってしまったときのことを思い出してみてください。今、そのときの笑顔になっていませんか？

その笑顔を今度は人に向け、たくさんの人を喜ばせてあげてください。皆が笑顔になれば、闘いは起こりません。笑顔は誰にでもできる人助けなのです。

大人の女は泣いていい

しっかり涙を流す

男性でも女性でも泣くことがかっこいいと思って、悪い場面になると人前ですぐ泣いて同情を買おうとしたり、味方を増やそうとする人がいます。でも大人になると、職場など責任のある場では、悪い場面でも涙を見せないものです。

泣いてはいけないと下瞼《したまぶた》を震《ふる》わせ、口を固く閉じて一生懸命耐えている姿のほうが、ワーッと作為的に泣いて相手を困らせてアピールする人より、よっぽどいじらしくて、応援したくなります。

大人は、仕事の場で失敗したり悔《くや》しい思いをしたとき、涙をぐっとこらえるものですが、泣いてもいいんです。

職場で泣きたいのを我慢できたら、トイレや更衣室、それとも社外の人のいない所へ行って、溜まっている涙をしっかり流してください。いっぱい泣いて涙が止まったら、メイクを直して（頑張ろう！）と、人前に「しっかり顔」で出ていきます。

目が腫《は》れていたり涙の跡が判ったとしても、人はきっとやさしい眼差しでエールを送ってくれることでしょう。わざと泣いたり泣き真似をする人たちより、ずっとずっと純粋で皆が応援したくなります。

人前ですぐ泣く人がいます。女性の涙に弱い男性はいっぱいいるので、それを利用しているのか、許してくれると甘えているのか、それとも泣くことが癖になっているのか、涙を利用する曲者《くせもの》女もいます。

泣かれることに弱い男性は、老若関係なくいっぱいいますが、抱きつかれたらもっと弱い男性もいっぱいいます。職場にもそういう男性はいっぱいいます。泣けば（かわいい）と、男性たちには許してもらえるかもしれませんが、その代わり女性には嫌われます。

涙を自分の都合で使い分けるのは最低です。涙の安売りはしないでください。泣くより我慢するほうが、ずっとずっと大変ですが、頑張り屋さんで健気《けなげ》なのです。

ならばやっぱり、大人は泣いてはいけないのか！　となりそうですが、そうじゃなくて、泣いていいんです。

海や山などへ行って、自然の中でひとり思いっきり泣いてもいいし、自宅で泣きわめいてもいい。涙を爆発させる場所が必要です。涙が枯れることはないですが、枯れるほど思いっきり涙を流してください。

中途半端な泣き方だと、その後も思い出すたび、またジワジワ涙がこぼれてきます。好きなだけ声を出して泣いて泣いて泣いちゃっていいんです。それでも辛くて辛くて悔しくて耐えられないときだってあります。

そういうとき、かつて私は深夜、ジョギングをしながら泣いていました。行《ぎょう》をするようになってからは、霊山《れいざん》に登りながら、遍路で歩きながら、行場《ぎょうば》で泣けるようになり、涙のジョギングからは遠ざかっています。

夜中の「泣きながらジョギング」は、誰も見ていません。泣き声も誰も聞いていません。ジッとしていられないのなら、泣きながら走って、涙を拭《ぬぐ》いながら走って、（あいつ許せない！）とか（私は負けない！）とか、汗も涙も言葉も吐き出せるものがあれば、どんどん吐き出してしまいます。

たとえ泣きながらジョギングでも、やれば体力がついてきて、生活への活力が少し湧いてきます。ダメなら翌日も走ります。そのうち体が疲れて眠れるようになります。そうしてまた活力がついてきます。活力が命をつなげてくれます。

ひとりで泣くとき

きれいに思いっきり泣けたらいいのですが、悲しいときや悔しいとき、苦しみなどの涙のときは、そのことで精一杯なので、表情を意識して泣くような器用なことはできません。

女優さんならお芝居ができるので、記者会見のときなどでも、泣くべきところで泣けるでしょうし、美しい涙のこらえ方や、一筋だけ美しく涙が頬を伝っていくように泣くこともできるでしょう。でもプロフェッショナルではない人は、一筋だけ涙を流すとか、目のまわりを汚《よご》さないで泣くとかは無理な話です。

私が高校二年の頃、入団していた劇団のレッスンで「泣く」練習をしたことがあります。自分の心を追いこんでいって、泣ける準備が整ったら「ハイ」と手を上げ、与えられている台本の科白《せりふ》を言うのですが、未熟なので、泣くまでもひと苦労、泣き出したら今度は涙が止まらなくて、科白がきれいに言えずにひと苦労。素人が泣くのに、策略的な泣き方のできる人以外は、そんなにきれいに泣けるものじゃありません。だったら、人のいない所まで我慢しておいて、そこで思いっきり涙を発散させてください。

でも、これが感激や嬉しい涙ならば別です。素直にそのまま遠慮なく、職場でもどこでも涙をこぼします。こういうときは、本当に美しい涙で、泣き顔もとても美しいです。やっぱり苦しみの涙は、苦痛で顔が歪《ゆが》んでいるので、ひとりで泣いたほうがよさそうです。

ところで、ひとりぼっちで泣くのは自分がかわいそうすぎると、男性を利用する人がいます。特に若い女性ですが、安全そうな男性や、自分に気がありそうな男性を動物的感覚で選んで利用し、泣く人がいます。それは絶対タブーです。自分に気があると勘違いする男性はいっぱいいます。安全と思っていた男性でも、「俺だって男だから」と、あなたの涙を利用して、牙《きば》をむき出してくるヤツもいます。

手近な男性を利用したところで、反対に利用されるのがオチです。自分が堕《お》ちているときに関係を持った男性は、本来のあなたのステージ以下の男性なので、あなたが回復したら釣り合わなくなって続きません。

自分が弱いときに、人の気を引こうと、へんな欲なんか出さず、そんなときは、やっぱり自分の家や、自然の中へ行って、ひとりで泣いてください。

海や空を眺めていると、心の持ちようが変わります。海や川へ行ったならば、涙と一緒に辛いことも悲しいことも水に流してきてください。

人の喜びを素直に喜べるか

「邪気くん」が顔を出す

前にも書きましたが、慈悲《じひ》の「慈」は、人と一緒に喜びを分かち合うことを言います。慈悲の「悲」は、人と痛み（悲しみ）を分かち合うことです。

人の喜びを一緒に喜んでいる最中なのに、私の心の扉を開けてちっちゃな「邪気《じゃき》くん」が顔を覗《のぞ》かせることがあります。

邪気くんが現れると、

（イヤね。一緒に喜んでるのに、私はイヤなヤツ）

と、あわてて扉を閉めて邪気くんを引っこめるのですが、また扉を開けて邪気くんがヒョイと顔を出し、ニコッとするのです。邪気くんが何日か後に現れることもあります。

私は行者であり僧侶ですから、常に人の幸せを祈り、人と慈悲の心を分かち合うのが当たり前のことなのに、どうして邪気くんが出てくるのか……自己嫌悪に陥《おちい》ることがあります。

私の邪気くんは、「羨《うらや》ましい邪気くん」という煩悩です。

人と自分とは、それぞれ道が違うのだから、その人の喜びの種類が、自分の道には現れ得ないことだってあるのです。同じように、自分の感じる喜びが、人がすれ違うこともない種類の喜びのときもあります。なのに「私は私」と区別できず、「羨ましい邪気くん」が出てきちゃうことがあるのです。

むしろ慈悲の「悲」、人と一緒に悲しみや苦しみを分かち合うほうが、心から喜びを分かち合うことほどはむずかしくないかもしれません。悲のほうは、大なり小なり誰もが年齢に関係なく経験しているので、自分の知っている苦しみをその人の苦しみに重ねやすいからだと思います。

弘法大師空海の書かれた書物『秘密曼荼羅十住心論《ひみつまんだらじゅうじゅうしんろん》』の中に、「喜とは随喜《ずいき》なり」とあります。「真の喜びとは、心からありがたいと思うこと」という意味に解釈できます。

ところが私の場合、本当に心から一緒に喜んでいたのに、あとで邪気くんが顔を出してきてしまうことがあるのです。心から喜びを分かち合うって本当にむずかしいです。人と一緒に喜ぶことによって、喜ばれた人は、もっとたくさんの嬉しさを実感できます。そして喜びは、多くの人の心を明るくしてくれるというのに、です。

私が受けた「お接待」

法話をさせていただくとき、私はよく慈悲の話をします。「人と喜びや悲しみを分かち合えるようになりましょう。慈悲のある社会や街づくりをしましょう」などと言いながら、実は私自身にも言い聞かせているときがあります。

前にも述べたように、四国で八十八ヵ所の霊場（お寺）を巡る遍路《へんろ》という修行があります。私は、一二回に分けて四国一周約一四〇〇キロをつないで歩く「つなぎ歩き遍路」の一二巡目をしています（二〇一八年八月現在）。

その遍路には、大昔から引き継がれている「お接待」という風習があります。

四国を歩いていれば、誰からも飲み物や食べ物などをもらえると誤解している人が多くいますが、そうではありません。お接待は、一回一回に心がこもっているので、あまり多くはないと思ってもらったほうがいいかと思います。

私がお接待を受ける数が多くないのは、もしかしたら歩くスピードが特に速いので、「この人は助けてあげなくても大丈夫」と、人から思われているからかもしれません。

それでも、一二年間に受けたお接待の一つ一つはけっして忘れていません。邪気くんが顔を出すたびにこのお接待経験が思い出され、私の心を正してくれるのです。それは、人にやさしくされてとても嬉しかったので、私も人にもっとやさしくして、人を喜ばせてあげたいという気持ちです。

気温三五度、真夏の高知市内を三十四番札所・種間寺《たねまじ》さんに向かって歩いていたときのことです。午後二時頃といえば一日の中で一番暑い時間です。まして高知県です。道端に自販機があるたび、何か飲まずにはいられないあまりに暑い日でした。

種間寺さんまであと一・五キロ。ところが夜明けから歩き続けているので午後二時頃といえば疲労が一番出てくるときでもあります。一五分から二五分で歩けるこの一・五キロが、いつもとてもとても長く感じられます。

車一台通れるだけの川沿いの細い道を（足が痛い、疲れた）と重い足どりで歩いていると、一台の車が後ろからやって来て私を追い越し、いきなり停車しました。三〇代くらいの丸っこい男性が車から飛び出し、自販機に向かって走ります。

（なによ、急停車して失礼ね。エアコンの効《き》いている車の人はいいわよね）

などと思って車を追い越し歩いていたら、その男性が汗をかきかき私のほうへ走ってきて、

「暑い中、ごくろうさまです。これ、どうぞ」

と、お辞儀をしながら私に両手を差し出しました。その上に、よく冷えた缶入りドリンクが……。私のために、わざわざ自販機前で車を止め、ドリンクを買ってくださったのです。

「この先もお気をつけて……」

汗を袖《そで》で拭いながら見送ってくださる男性の丸い顔に笑みが浮かんでいました。

太陽もアスファルトも、上を向いても下を向いても焼けるように熱い中、突然、滝の流れ落ちる音を聞いたような……車の止め方とか、やり方は不器用だったけれども、やさしい心づかいが嬉しくて、汗と涙で顔がぐっちゃぐちゃになってしまいました。

このステキなお接待から私も、遍路以外で四国に来ているとき、お遍路さんに出会ったら、さりげないお接待をさせてもらいたい、この喜びを分けさせてもらいたいと心から思いました。

思いやり、やさしさを教わる

お接待は、物やお金をあげるということでなく、「頑張ってください」という声かけだけでもものすごく嬉しいものです。お接待とは、思いやりをさしあげることなのです。

お接待の風習は、すでに江戸時代から存在していたそうですが、四国の人々は、お大師様（弘法大師空海）が姿を変えてお遍路をしているという大師信仰を持っていたので、お遍路さんを大切にしてくださったのです。と同時に、遍路に行かれない地元の人が、お遍路さんをお接待したり助けたりすれば、そのお遍路さんと一緒に遍路をさせてもらっていることになるのです。

さらに、お遍路さんのお世話をすると、まわりまわって功徳《くどく》をいただけるという解釈もありました。お接待をすることによって、そのお遍路さんと一緒に苦楽をともにしよう……これこそ慈悲の心なのです。

あるときは四十八番札所・西林寺《さいりんじ》（愛媛県）さんへ行く途中で、おばあちゃんと、小学三年生くらいの男の子に出逢いました。その男の子が私に、

「お遍路さん、頑張ってください」

と、小さくたたんだ千円札をさし出したのです。

少年から千円なんて、五円でも十円でもとてもいただけません。びっくりして戸惑いながらおばあちゃんのほうを見ると、

「暑いでしょ？　これで冷たいものでも買って飲んでください」

微笑んでいらっしゃいます。冷たいものを買ったって、お釣りがいっぱい来ます。

働いて千円をいただくのがどれだけ大変か、大人なら誰でも知っています。でも受け取らないと、その少年のやさしさを傷つけてしまいます。私は、丁重《ていちょう》にいただきながら、お二人のお名前を尋《たず》ね、「次の札所で、ご本尊様に報告して、お祈りさせていただきます」と言って歩き出しました。

西林寺さんで、言った通りのことをさせていただき、ドリンクを買ったお釣りをお二人のお賽銭《さいせん》として納めさせていただきました。

お小遣いを貯めて私にお接待してくださった少年の心が嬉しくて、次は私が、その少年みたいに人を喜ばせてあげたいと、やさしい心になれました。やさしくされてやさしさを学び、人にやさしくできたら、やさしさの輪が広がっていきます。四国の人々が、こうして私に、いろいろなやさしさを教えてくださるのです。


ある冬の日、十九番札所・立江寺《たつえじ》さん（徳島県）の近くを歩いていたとき、隣に車が止まり、下りてきた六〇代くらいの男性から、

「ウチの女房がつくった小銭入れを受け取ってください」

と渡されました。サクランボ柄のかわいい防水小銭入れです。気がつくと手中にあったというようなさりげない渡し方でした。

「今、女房は病気をしててね。（遍路に）行かれないから」

私に負担をかけないようなサラリとした言い方をされるその人に、奥様の名前をうかがい、私は、押しいただきました。あとで歩きながら小銭入れの中を見たら、使いやすいように、一円玉から五百円玉まで、すべてのコインが合計千円ちょっとも入っていたのです。寒い日に一日中歩いて冷え切っていた体と心が温まっていきます。


お二人の心づかいが嬉しくて、早く札所でお参りをしたいと歩く足に力がこもります。私

は、次の札所からずっと、その人の名前を申しあげて、「これはお接待いただいた○○さんの分のお賽銭です。こちらは私」と、お賽銭を納め、その女性のことを祈願させていただいています。

白衣のポケットに小銭入れを入れて歩いていると、まるでその女性と一緒に遍路しているようで、ひとり遍路が淋しくなくなりました。

人にやさしくすると、自分にやさしい気持ちが返ってきます。人に何かをしてあげて、その人が喜んでくれたことを知ると、自分も嬉しくなります。こんなに嬉しいなら、もっと人を喜ばせてあげたいと思います。

邪気くんがたまに顔を出しても仕方ないと私は思うようにしています。常に自分のすべてが善人のままでいるというわけにはなかなかいきません。

でも、そういうとき、私はやさしくされたときのことを思い出して、邪気くんに引っこんでもらうようにするのです。邪気くんが登場する回数がもっと少なくなればいいなぁと思いながら。

心から本当にやりたいことは何か

逃げる口実を封印

人は生まれた瞬間から死に向かっています。イヤな言い方ですが、これが現実です。私たちの命には限りがあります。何百年も生きられるものではありません。必ず死が誰の元にもやってきます。なのに、やりたいことが次から次へと出てきます。

一〇代、二〇代の頃は、残りの命のことなんて考えもしませんでした。だから命なんてものは、はてしなくあるような錯覚《さっかく》をしていたものです。

ところが、平均寿命の約半分、四〇代に入り、一年、そして一年と年を重ねていくと、命に限りがあることや、年齢を自覚するようになります。そして気がつきます。

「ああ、時間が足りない」

やりたいことがいっぱいあるのに、ちゃんと計算してみると、あと何十年も足りない……ということになってしまうような夢を持っている人もいることと思います。

だからといって、時間のせいにして諦《あきら》めることだけはしないでください。私は仕事と行《ぎょう》以外、何の習いごとをしても続かないのです。一度辞《や》めて、何年か後、またカムバックしても、またまた続かず辞めると、何だか時間を無駄にしたり損をしたような気持ちになるときもあります。一生続けられるたのしみを求めて、あれを始めたり、これを始めたりと忙しくしているわりには、何を始めてもまだ落ちついていません。

でも、これらもやってみないと判らなかったことです。辞めたり始めたりを繰り返しながら、結局それが一生続くたのしみになっているのかもしれません。

今、あなたが本当にやりたいことは何ですか？　あれこれいろいろとやりたいことを紙に書いてみませんか？　そして、それらの中から優先順位を決めます。すぐに始められることから、何年もかかるような夢まで、時間や大変さなどを考えながら順番を決めていきます。心から本当にやりたいことは何ですか？　それだけは心の中心に置いておいて、意識しておいてください。

やりたいことがあれば、逃げないことです。相手は逃げていきません。だからやりたいことは、諦めてはいけないのです。後回し、後回しにしているうちに、時間が足りなくなっていきます。だからとりあえず今始められることから、一歩前へ踏み出してください。

もし人から相談を受けたら、笑顔でヒョイと少しだけその人の背中を押してあげてください。あまり強く押すと、期待やプレッシャーで、ひっくり返っちゃうといけないので、あくまでも軽くです。

本当にやりたいことをやるのに年齢は関係ありません。体のほうは年ごとに古くなっていきますが、意識のほうは最期《さいご》まで成長を続けられるそうです。「年だから」とか「もう遅い」は、逃げるための口実《こうじつ》にすぎません。

行《ぎょう》には終わりがない

私が高野山大学大学院に入学したのは、人生の折り返し点をすぎてからでした。一〇代の大学生と一緒に、僧侶になるための必須科目を勉強しました。はたして私に覚えられるかしら？　と、授業を受ければ受けるほど不安になっていきました。が、思い切ってまわりの一〇代の子たちに判らないところを尋ねてみると、とても親切に教えてくれたのです。

次回、仕事のため欠席するのでノートを見せてもらうことをお願いしたところ、私のために清書した解説付き授業ノートを渡してくれた子もいました。

一生懸命何かをしようとしている人に、人は力を貸してくれるのですね。怠《なま》け者には、人は力を貸したがりません。一歩前に踏み出せば、夢が一歩近づいてくれるのです。

私のように遅れてのスタートは、大変ではありますが、いいこともいろいろとあります。一番いいことは、人と比べたくならないことです。遅いスタートだからと自覚すれば、最初から「競争」という枠外《わくがい》にいられるので、人と比較をして苦しむということがありません。

遍路で淋しい所も歩くので、万一のときのためにと、逃げる技《わざ》と受け身を心得たくて、正《せい》道会館《どうかいかん》に空手を習いに通っていた頃、私と組み手をする女性は、みんな一〇代でした。一〇代は練習でも加減してくれないので、突きがとても痛いのですが、もし私が一〇代だったら、まわりの帯の色がとても気になっていたと思います。（あの子は黄帯になって）（あの子はもう黒帯になっちゃった）……と。

でもスタートが遅いので、「私は私の歩幅でいいの。ゆっくりやっていくんだから」と、比較しないで、純粋にたのしみ、練習することができるのです。

遍路で疲労骨折をして以来、蹴《け》りの練習ができなくなって結局、正道空手もやめてしまいましたが、遅いスタートのよさをあれこれ教えてもらえました。

命には限りがあります。本当にやりたいことは頭の中に置きっ放しにしておかないで、行動に移してみませんか？　それがたとえとてもむずかしいことでも、「自分はできる」「必ずできる」と、自分に言い聞かせ、自分を信じてあげてください。

やらないで一生をすごせば、悔《く》いが残ります。結果はどうなるか先のことは誰も判りませんが、一生懸命やりたいことをやれば、これから先もきっと充実した毎日を積み重ねていけます。

私は行《ぎょう》を始めて今年で二〇年になります。月に最低四回、深夜ひとりでおこなう水行《すいぎょう》は、自然とともにするため、一度たりとも同じ行はありません。他の行も同じです。これで一〇〇点、これで終わりということは決してありません。

命がある限り、私は行を続けさせてもらいたいと願っています。行を始めた頃と比べ、かなり行の内容がむずかしくなり、自分自身もレベルアップしているとは思いますが、レベルが上がる前に必ず、さらにむずかしい行が続きます。だから、終わりはありません。天井というものがないのです。ずっとずっと繰り返し繰り返し続くのです。

行をしても行をしても、たとえ何百年と行ができたとしても、きっと時間が足りないと私は思うのです。だからこそ余計に行の一回一回が緊張に満ち、気を抜くことが許されません。

時間も足りないし、私の行も足りません。「まだ足りない。もっと行をしないと。やっぱり行が足りない」と思いながら、今日も私は行を重ねています。もっと早くから行を始めたかったと思っても、すべて縁で結びついています。もっと前に行に出逢っていたら、ここまで続かなかったかもしれません。

蠟燭《ろうそく》や線香は、形を残さず最後まで自分の体を燃やします。汚《きたな》い部分を残さず、きれいに燃え尽きます。蠟燭や線香のように、一生懸命生きて命を燃やしていってください。

著者略歴

愛知県に生まれる。作家。僧侶。高野山本山布教師。行者。日本大学芸術学部を卒業し、女優など一〇以上の職業に就いたあと、作家に転身。一九九一年『私を抱いてそしてキスして――エイズ患者と過した一年の壮絶記録』（文藝春秋）で、第二二回大宅壮一ノンフィクション賞を受賞。二〇〇七年、高野山大学で伝法灌頂《でんぽうかんじょう》を受け僧侶となり、同大学大学院修士課程を修了する。高野山高校特任講師。

著書には映画化された『極道の妻たち®』（青志社）、『少女犯罪』（ポプラ新書）、『四国八十八ヵ所つなぎ遍路』（ベストセラーズ）、『女性のための般若心経』（サンマーク出版）、『熟年婚活』（角川新書）、『孤独という名の生き方』（さくら舎）などがある。現在も執筆と取材の他、山行、水行、歩き遍路を欠かさない。高野山奥之院または総本山金剛峯寺に駐在し（不定期）、法話をおこなっている。

大人《おとな》の女《おんな》といわれる生《い》き方《かた》
――ひとり上手《じょうず》の流儀《りゅうぎ》

二〇一八年八月八日　第一刷発行

著者　家田《いえだ》荘子《しょうこ》
発行者　古屋信吾
発行所　株式会社さくら舎　http://www.sakurasha.com
東京都千代田区富士見一-二-一一　〒一〇二-〇〇七一
電話　営業　〇三-五二一一-六五三三　FAX　〇三-五二一一-六四八一
編集　〇三-五二一一-六四八〇　振替　〇〇一九〇-八-四〇二〇六〇

装画　古屋亜見子
装丁　アルビレオ
印刷・製本　中央精版印刷株式会社

ISBN978-4-86581-161-2

さくら舎の好評既刊

小島貴子

女50歳からの100歳人生の生き方

100歳人生が現実に！　どう楽しく生きるか！
50歳で生き方をリセット、自分が主役の人生を！　働き方から健康まで極上のアドバイス！

1400円（＋税）

定価は変更することがあります。